见识城邦

更新知识地图　拓展认知边界

弄堂里的西西弗斯

路明 著

中信出版集团│北京

图书在版编目（CIP）数据

弄堂里的西西弗斯 / 路明著 . -- 北京：中信出版社，2024.2
　　ISBN 978-7-5217-6085-9

Ⅰ.①弄… Ⅱ.①路… Ⅲ.①纪实文学－作品集－中国－当代 Ⅳ.① I25

中国国家版本馆 CIP 数据核字 (2023) 第 201516 号

弄堂里的西西弗斯
著者：　　路明
出版发行：中信出版集团股份有限公司
　　　　　（北京市朝阳区东三环北路 27 号嘉铭中心　邮编　100020）
承印者：　北京联兴盛业印刷股份有限公司

开本：880mm×1230mm 1/32　　印张：7　　　　字数：142 千字
版次：2024 年 2 月第 1 版　　　 印次：2024 年 2 月第 1 次印刷
书号：ISBN 978–7–5217–6085–9
定价：58.00 元

版权所有·侵权必究
如有印刷、装订问题，本公司负责调换。
服务热线：400-600-8099
投稿邮箱：author@citicpub.com

目录

序言　昨日的世界　　/ i

第一部分

赵乐盐失明的第三百九十五天　　/ 003

病床上的赵乐盐　　/ 019

平行宇宙的另一个我　　/ 033

一次疫情期间的电信诈骗　　/ 044

给孩子的礼物　　/ 063

少年下落不明　　/ 077

第二部分

沈厂长的最后一战　/ 085

爷叔传奇　/ 103

一个萨克斯手的流金岁月　/ 114

多情应笑我　/ 126

少年游　/ 140

第三部分

弄堂的瓦解　/ 163

武林往事　/ 169

上海足球往事　/ 187

撕裂一九九九　/ 203

后记　/ 213

序言　昨日的世界

严飞
作家、清华大学社会学系副教授

我第一次见到路明，是在上海新华路朋友的工作室。他就坐在那里，介绍自己，说是一名大学老师，教授物理，但是热爱写作。我笑笑回应，我也是一名大学老师，教授社会学，也热爱写作。

后来我们就有了一个小小的微信群，"502 白马会"。502 是朋友工作室的房间号，白马会则是戏称，因为每次大家去那里聚会，总是会各自带着美酒美食，然后放起轻音乐，从这一本书聊到下一本书，从这一个八卦聊到下一个八卦，海阔天空、漫无边际。

在微醺的时候，我会问路明，你为啥还在教授物理？那些复杂的物理公式，又如何和轻柔的文字同时交织在你的脑袋里？难道你会左右互搏，抑或是只有在无数个深夜，你才会将自己交托于文字？

我知道，路明和我一样，在大学愈发僵硬的行政规训和排山倒海般的科研内卷下，总是想做一些不一样的东西，写一些不一样的文字。我们把文字看作寻找自我的出口，想在另一个世界里溯游过往的记忆，为当下留下一些痕迹、做出一些改变。

我跟路明说，我想推社会学的非虚构写作，但是真的好难，因为按照学术的标准，你第一本书的书名"名字和名字刻在一起"，似乎就是一种离经叛道的表达，而一个学者如果离经叛道，同行会在背后小声议论你，用上海话说，就是指指点点。

路明说，管他呢，我喜欢听故事，也喜欢写故事，无论是风花雪月，还是平淡如兰，听完故事，就有冲动，要把故事写出来。

我想起我小的时候，最喜欢做的一件事情，就是在夏日的夜晚，南京的城墙根下，搬一把小椅子，听那些扇着扇子的老人，你一句我一句聊南京的历史，那些激烈的过去、荒诞的岁月带来的暴力与伤痛、撕裂与呐喊。夏日的晚风拂过厚重城墙上的藤蔓，大片的叶子飒飒抖动，都一道沉入老人们爽朗的笑声中。老人们也许还偷偷抹了一把泪——你看，今天的风有点大，吹得我眼泪都出来了。

这样的笑声、这样的泪水，当我离开南京，远行去追寻学术的理想，就再也没有听过、看过。

其实是我忘记了，我们也可以是说故事的人。

奥地利作家茨威格在他的回忆录《昨日的世界》（*Die Welt von Gestern*）里，回望了自己所生活过的欧洲城市，那里有过宁静与繁华，也经历着两次世界大战所带来的巨大萧条与衰败。二战开始后，由于犹太人身份，他被迫流亡，他的书籍在奥地利被禁止出版。在流亡之地，他频繁听到朋友被拷打和遭受侮辱的消息，深感无力和恐惧。时局的动荡摧毁了他的家园，使他与过去的一切联系都彻底中断。最终，在他六十岁时，在巴西里约热内卢附近的一个小镇上，茨威格与妻子一起选择结束自己的生命。对他而言，经历了二战之后，他自己的语言所通行的世界已经沦亡，而精神上的故乡欧洲也在毁灭之中，他再也没有一个地方可以从头开始重建新的生活了。在《昨日的世界》里，他如此写道："生活中的一切重大事情都是这样。一个人获得这类认识，从不是通过别人的经验，而始终只能从自己的命运中获得。"

每一个普通人都是昨日世界的一部分，他们的故事也是我们的故事，虽然微不足道，但却映照出大时代之下的命运流转，在那些小径分岔的人生十字路口，每一个人每一次选择的背后，又是一代人在历史的巨大压力下，被遮蔽、被遗忘的记忆。正如路明在《多情应笑我》里写道："经历了如此漫长跌宕的岁月，一个普通人遭遇的一切生离死别，都只是'小离别'。无数人被历史的车轮碾过，零落成泥，无声无息。"

这之后呢？

这之后，"城市像一把巨大的筛子，人在剧烈震荡中不断地跌落，碰撞，失去重心，迷失方向。挣扎下来的人，过个几年，大多能找到适合自己的网眼，漏下去，各安其位……人的适应性是很强的，怎么过不是过呢"（《撕裂一九九九》）。

很多时候，我们只选择看见我们想要看见的事物，用自己的价值立场去诠释世界，甚或是明明看见了事物，却假装自己没有看见。在某种程度上，我们看见的只是一个由经历、实践和习惯所决定的东西，这是一种主观选择的行为。胜利的故事也好，悲剧的故事也罢，我们总认为故事与故事之间是相似的，然而真正不变的其实不是我们所使用的那些历史材料，而是用来描述这些故事的道德框架本身。在历史的褶皱里，有人看见的是恢宏的主题、正确的记忆，但是路明告诉我们，要看见每一个普通人在大时代夹缝下的命运起伏，蜿蜒至今。

为什么个体的情感和经验，就只能成为宏大叙事的零部件，只能在边缘的位置不断盘桓？

我相信，真正引起共鸣的，是那些回归生命基调的个体经验叙事，人们彼此相连的情感是共通的，只有将生命还给社会，再现个体在驳杂世界中细腻而又厚重的生命体验，才有助于激发更为广阔的情感共鸣与集体记忆。

我喜欢路明笔下的上海，那些即将随风消散的小故事，是我们这个时代"昨日的世界"，难以忘却、不忍告别，却被呼啸而过的城市列车越带越远。也许要不了多久，就连这一处弄堂、街道，也都会成为历史的尘埃。

那些山河破碎、那些风雨飘摇、那些生离死别，只能各自怀念。

第一部分

赵乐盐失明的第三百九十五天

你们不过是些隔岸观火的看客罢了。

——赵乐盐微博

我进门时,赵乐盐正在生气。一大早,居委会来人慰问,这是她生病以来的第二次。快过年了。赵乐盐穿着居家服,坐在沙发上,摆出配合的微笑,听爸妈跟居委会干部说话,感谢关怀什么的。临走前,有个女干部对赵乐盐说,要送她个红包。赵乐盐说谢谢,双手接过。一个男人的声音讲,慢,小姑娘动作慢一点,再来一遍。她没反应过来,就把红包还回去,又接了一遍。这一次,她听见相机咔嚓咔嚓的声音。她的脑子炸了。

居委会的人离开后,赵乐盐拆开红包,摸出五百块钱。她依稀想起来,去年好像也是五百,也拍了照。老赵说——赵乐盐管她爸叫老赵,管她妈叫老许——五百不错了,人家又不欠你的。赵乐盐气极了,跟老赵吵起来。她说,要是把我的照片乱贴怎么办,我的尊严不值五百块吗?

老赵给我沏了杯茶,去外间抽一根烟,老许在厨房切菜。我坐着听赵乐盐弹吉他——《又见炊烟》,第一弦的 la 怎么都按不准。弹了一会,赵乐盐的心情似乎好了一点。毕竟,今天是个大日子,她的钢琴要送来了。

赵乐盐的本名叫赵鑫迪。她不太喜欢这个名字,觉得老赵是指望她"赚大钱",三个金像三座山压在她的命里。老赵对此予以否认,他说,赵鑫迪是家族里的第三个小孩,又是女儿,"千金"。

生病后,经高人指点,赵鑫迪改名赵乐盐。她告诉我,三个字的笔画有讲究,是"新的格局",可以转运。她还为新名字想好了签名档——Willing to be the salt of the world(愿做世间的盐)。

我告诉她,觉得新名字还不错。至少从字面来看,乐,有喜悦的意思;盐,有人间烟火的意思。

一周前,朋友带赵乐盐去了一家乐器行。失明后,她的听觉变得敏锐,音乐陪伴她度过了许多黑暗中的时光。她本想试古典吉他的,鬼使神差地,坐到一台钢琴前,用手去触碰琴键。明亮、澄澈的声音击中了她。一个深藏已久的愿望死灰复燃:要是能拥有一台自己的钢琴该多好。

老板人很好,当场承诺了低于市场价的租金,不想弹了可以随时退,还答应帮忙找老师教。赵乐盐心动了。她不是不知道家里的经济状况,事实上,如果不是因为生病,这事肯定得往后拖。她下了决心,不等了。

我问赵乐盐,你爸妈同意吗?

赵乐盐说,我先试探着问老许嘛,我说妈妈,我们家里是不是摆不下一台钢琴了呀?老许说,可以的,摆得下的。她还问我,钢琴有多大,这里书柜挪一挪,床再移过去一点,是不是就差不多了。我心里有数了,老许会支持我的。不能先问老赵,他一定会哇哇叫,赵乐盐笑起来,然后么,就一步一步,一点一点,做老赵的思想工作。

最后怎么说服的呢?

怎么说服的?赵乐盐摊开手,看不见的眼睛往上翻,大声说,我都要死掉了,随时可能会死掉,你说,我怎么说服的。

老赵坐在外间,一声不响。

生病之前,赵乐盐的人生算得上顺利。她从小是个懂事的女孩,不需要爸妈为她的学习多操心,当然,"他们也不懂"。家族聚会里,她从来是"别人家的小孩",这让老赵很有面子。市重点毕业后,她考上华东师范大学法语系,又保送了研究生。毕业后,她入职一所重点中学,教法语。

赵乐盐认为,"懂事"的代价是压抑。她对爸妈曾经的粗暴对待耿耿于怀。她清楚地记得,小学时,她把雨鞋穿反了,老赵当街一个耳光刮过来;还有一次,在饭桌上,她用餐具的姿势不对,被一筷子敲在鼻梁上。

其实,赵乐盐说,即使老赵不答应,我也要弹钢琴。我有钱的。我可以用自己的存款去租。

存款?

我有工资卡嘛,现在拿病假工资,每个月多少会进来一点,赵乐盐解释,加上这两年生病,基本没花过钱,没有买衣服,没有买鞋子,也没有买零食……

我问她,那么住院的钱,做手术的钱,还有买药的钱呢?

赵乐盐愣了一下,声音低下去,那个,是用爸妈的……

我说,你爸会理解的。

为什么?因为是女儿最后的心愿吗?赵乐盐笑起来,不不不,这可不是我最后的心愿,谈恋爱才是我最后的心愿。

赵乐盐没谈过恋爱。

大二时,她喜欢过一个清秀的男生。男生在隔壁的交通大学念书,两人聊得来,经常一起联网打游戏、煲电话粥,有一种默契的快乐。赵乐盐的生日快到了,男生神秘兮兮地说,赵乐盐,我送你个礼物吧。

赵乐盐说,啥?

男生说,送你个男朋友呀。

赵乐盐的第一反应是,这家伙要表白了吗?她羞涩地想,交大男生的套路还真是多啊。

没想到,男生真给她介绍了个人——他的室友。

赵乐盐有点生气,"事已至此",她只好对男生挑明,自己喜欢的人是他。

男生有点意外，表示要认真想一想。十分钟后，他对赵乐盐说，暂时不想谈恋爱，还是先当好朋友吧。

赵乐盐难过了一阵，决心不再联系。可收到男生的短信时，还是忍不住回复。说好要当好朋友的嘛。直到有一天，男生向她倾诉，说自己喜欢男的。赵乐盐蒙了。这事超纲了，不在她的理解范围，一时不知该如何往下接。她撂下电话，呜呜地哭了。

一年多前，赵乐盐在病房醒来，眼前一片漆黑。当她意识到，余生或许再也看不见的时候，一个念头是：这辈子不会谈恋爱了。

2016年秋天，刚入职不久的赵乐盐开始咳嗽。起初以为是感冒，没太当回事，直到咳得昏天黑地，去医院检查——肺癌晚期，脑转移，骨转移。

十个月内，她经历了八次化疗、两轮脑部伽马刀，以及数不清的抽血、验尿、点滴、穿刺、B超、X光、核磁共振。第二次伽马刀后，赵乐盐陷入了重度昏迷。医生暗示，不要救了，徒增痛苦，准备后事吧。老赵不肯撒手。临近冬至，病房里接二连三地"收人"。冬至夜，老赵抱着赵乐盐的双腿，嘴里念叨"小鬼退散""小鬼退散"，在床脚坐了一夜。

第二天早晨，同病房的两个老人走了。

赵乐盐渐渐苏醒过来。她问老赵，现在是白天还是夜里。老赵说，半夜两点钟。她问，为什么不开灯。老赵说，开着呢。赵乐盐说，爸爸，我看不见了。

医院方面至今语焉不详，也许是脑部肿瘤压迫了视神经，也许是伽马刀的副作用，也许……结果是一样的——28岁的赵乐盐从此身陷黑暗中。

老赵说，赵乐盐刚醒来时或许能看见——只是她自己记不得了。那天老赵坐在病床边垂泪，听见女儿迷迷糊糊地叫他，爸爸，你不要难过了。

刚失明那阵，赵乐盐的梦是彩色的。她会梦见自己穿着深蓝色或者浅灰色的毛衣，和朋友们一起念诗。她能看见那些句子，以及每一个字的笔画结构。当她意识到这是一个梦时，场景就消失了，她眼睁睁地看着那些字解体，像蒲公英被风吹散，变成一团一团的色彩和光点。到后来，梦变得惨绿，像闪烁的荧光屏，等待输入什么。

她把自己的经历发在微博上，有人留言"抱抱"，或者"摸摸头"。赵乐盐很烦，她想，我是一条狗吗，你想抱就抱、想摸就摸？她也反感别人对她说，加油啊，会好起来的。不会好的，她想，不会再看见了。后来有人问，我能为你做什么吗？赵乐盐觉得，这是个好问题。出于一种恶作剧的心态，她在置顶的微博写下"我知道你能为我做什么"，然后添加了自己的支付宝账号。还真有人给她打钱了，这让赵乐盐有些不好意思。

一双眼睛要流过多少泪水，才能够原谅它作为眼睛，而不能看见。

——赵乐盐微博

不一会，钢琴送来了。赵乐盐的家在工人新村的六楼，没装电梯，钢琴需要人力背上来。手忙脚乱了一阵子，总算安放好了。

老赵捏着一张合同走进房间，问，谁来签名？

赵乐盐说，你付的钞票，你来签好了。

老赵默默地出去了。

赵乐盐坐在琴凳上，手指拂过琴身，最后轻轻地落在琴键上。她弹了几个音，转头问我，琴身是什么颜色的，琴凳又是什么颜色的。她保留了一些失明前的习惯，跟人说话时会把头转过来，像看着对方一样。

皮皮！她兴奋地说，我叫它皮皮好不好！Piano！不能叫小钢，太土了！她大笑起来。

赵乐盐有两把吉他，一把叫阿吉，从堂哥家拿来的，一把叫杉杉（云杉木做的），吉他老师送的。上个月去海南时，她带的是杉杉。出发前曾想过，登机会不会比较麻烦。结果还好，大箱子托运了，工作人员推着赵乐盐的轮椅，妈妈背着杉杉，从绿色通道进入机舱。

去海南是朋友的邀约。朋友在海口有一幢房子，邀请赵乐盐和老许去住。这是她病后第一次出远门。落地海口后，赵乐盐发现，老许忘了带她心爱的无印良品拖鞋。老许说，没问题的，我再去商场再买一双好了。

老许买回了另一双拖鞋，她告诉赵乐盐，这双更贵，也更好看。赵乐盐和老许大吵一架。她在微信里向我控诉：也许新的拖鞋是很好，但是我看不到，那是一双我没见过的拖鞋，赵乐盐气咻咻地说，给我的感觉是，一个陌生的东西入侵了我的生活。

赵乐盐会在微博上吐槽老赵跟老许。她可以熟练地操控VOICE OVER（苹果公司开发的一种语音辅助程序）做很多事情，比如跟朋友聊微信、打电话、发微博、听音乐、听有声书。她说老赵态度恶劣，根本不理解她的想法，说老许没知识没文化，会把施特劳斯牌钢琴说成劳力士牌，还会把猕猴桃叫成猴猕桃。以上这些都是语音输入，她知道老赵老许在隔壁听得一清二楚。她也没有办法。

还真有效。"我在微博上一讲，老赵很快就改了。"

她对老许的意见主要在于，老许实在是太喜欢打麻将了。早些时候在医院陪护，一到晚上七点钟，老许就有点"没方向"。七点是夜场麻将开始的时间。好处是，老许的心态比较好，看上去也比老赵显年轻，夜里倒头就能睡着。或许，对老许来说，只要麻将还能继续打，天就塌不下来。

赵乐盐曾两次离家出走。第一次是因为老赵冲她凶，她气不过，嚷嚷着要离开这个家。老许出主意，说要不去外婆家住一晚。到了外婆家，发现外婆也身体欠佳，言语中听不出欢迎她住下的意思。一气之下，赵乐盐拉着老许去了凯悦酒店，三天花了三千多，身上钱不够了才回家。老许倒是蛮开心——她从没住过这么高档的酒店。

第二次也是为一些小事，吵了一上午，赵乐盐觉得老赵老许"合伙欺负她"。她愤怒地收拾行李，抽屉拉进拉出，衣服一件件从衣橱里拽出来，扔到床上。老许拉她，老赵吼道，"让她走！看她能走到哪里！"

赵乐盐摸索着换了衣服，穿上鞋，扶着栏杆下了楼。小区里有几个维修网络的年轻人，她请人家帮忙叫了出租车，然后对司机说，去凯悦。

偏偏碰上个什么会议，前台抱歉地告诉她，一间空房都没有了。

赵乐盐没了方向。下午四点钟，她坐在大厅沙发上，挨个给朋友们发语音，说自己离家出走了，问"谁可以收留几天"。

她肚子饿了，一天都没吃东西。一个远在法国的同学给她点了外卖。她坐在沙发上一口一口地吃掉。

有个实习时认识的姐姐问她，发生什么了，赵乐盐的眼泪"吧……嗒吧……嗒"掉在屏幕上。她告诉姐姐，"我一个人跑出来了，我妈也不管我"。

老许从身后跳出来，"我怎么不管你，我一直在后面看着你"，"看你吃的卤肉饭"。

姐姐也赶来了。她跟老许商量，让赵乐盐去她那里住几天。赵乐盐高高兴兴地去了。三天后，她在姐姐的护送下回到家。老赵老许欢迎她归来，并且很有默契地，不再提之前的事情。

　　老许给赵乐盐买了件中袖的羽绒衣，赵乐盐无法理解这种设计，认为老许买给她的是处理的残次品。类似的事件还有，当她知道自己吃的是印度仿制药时，愤怒地指责老赵给她"吃假药"。正价药十二万一瓶。直到朋友带她去看《我不是药神》（实际是听了一场电影），她才接受了这个事情。

　　老赵替女儿辩解，"长期吃这个靶向药，人的脾气会变的"。

　　老赵的人生哲学，是活下去，不惜一切代价地活下去。活着就有变好的可能。他对乐盐说，要相信黑科技——他愿意接受这些新名词——说不定哪天就能看见了。为此他得精打细算，细水长流。赵乐盐觉得，做完想做的事，就可以死了。如此残损的人生并不值得一过。药，吃完算数；钱，花光算数。有尊严地活下去，如果做不到，那就有尊严地去死。

　　朋友说，赵乐盐是一个有精神生活的人。精神层面上的无法沟通，或许是矛盾的深层次原因。她读法国文学，看话剧，听交响乐。她热爱诗歌、电影和旅行。她没办法跟父母聊这些。对老赵老许来说，供女儿吃饱穿暖，保证她有药吃、有钱去医院，已经很不容易。至于别的，实在是有心无力。

　　很多次争吵，以老赵老许写检讨而告终。检讨书要念给赵乐盐听，通过了，再贴到墙上，以示鞭策。至于面子问题，老赵说，不存在的。

检讨书

今天上午自己去剪头发没跟家里说，不告而别是错误的，下次不要再发生，希望你们原谅。

还有今天晚上去领小狗，在路上捡了一根耳机线，没有交到有关地方，把它带回家了。这也是不对的。后来把它放回原来的地方。以后再（在）外面看到随便什么东西都不要捡，不是自己的。

检讨人 许××

检讨书

今天有（又）犯错误了，门没开好，给宝宝撞在门上，宝宝受伤害，还好，没发生什么大脾气，就叫我写检讨。通过写检讨，对自（己）有更大促进，更大的就是门一定要开直，不要半挡不挡，就记牢了。

许××

检讨

今天没有把事情讲清楚，造成老爸去买虾仁，使宝宝吃了很不好吃，有（又）不开心了，我也很不好过。通过检查，今后知道，做什么烧什么说清数（楚），多多交流，互相交流，事情就会做的（得）好了。有不对，写的（得）不周全，望多原谅。

检讨人　许××

检讨

　　由于赵××和许××沟通不及时，而造成了今天晚上女儿晚餐没能享受到说好的炒虾仁，而使女儿很不高兴，委屈了吃泡面。赵××与许××两人均有责任。今后日常生活中应该保持信息及时沟通，以免不该发生的事再次发生。说好的事该兑现，不必要造成不愉快的事发生。望女儿原谅吧。接受我的检讨吧。

检讨人　赵××　许××

　　上述检查（讨）未通过，补充：

　　以后在去采购食物之前，先与许××提前沟通信息，达到互补。做到资源最优化。

赵××

检查

　　不能将自己的意愿嫁祸与他人，与人交流时首先要尊重对方，耐心倾听，互相沟通，互相包容，达到和睦共处。对"己所不欲，勿施与（于）人"这几个字，由于本人学识浅薄，理解有限，达不到你的要求，望赵老师多多宽容。

诚恳地抱歉，望能原谅。

检查者　赵××

一次吵架后，赵乐盐在微博上写——"朋友们让我想要活下去，我爸妈让我只想去死。"

我表达了不赞同。赵乐盐转过头问我是不是站在老赵老许的一边。

我说，在这个问题上，是的。

赵乐盐生气地说，那我不会百分之百信任你了，不会再什么心里话都跟你讲了。

我说，以前我也觉得，父母这般不好那般不好，可自从我自己有了孩子，我开始慢慢理解……

我不理解！赵乐盐大声打断了我的话，你们讲的都好有道理，什么设身处地，什么可怜天下父母心，可是我没有机会了，我这辈子都不会有生儿育女的机会，我没办法体会……

她痛哭起来。

一家人精诚团结的时候也有，比如去医院投诉的那次。

第二次伽马刀手术后，主刀医生就消失了。为了讨一个"说法"，赵乐盐一家找到了医院的投诉科。

在接待室，主刀医生出现了，不大开心的样子。他简单复述了病史，并表示：所有的问题都已经解释过了，手术是成功的，一条命保住了。至于失明，跟手术没有关系。

他对赵乐盐说：虽然你在投诉我，但我心里是高兴的，因为你还能活着来投诉。

他又说：人的眼睛可以瞎，但是良心不能瞎。

老赵怒吼起来：什么叫眼睛可以瞎?! 我女儿的眼睛可以随随便便瞎吗?!

赵乐盐暗中高兴，她想，终于也有人体验到被老赵大吼大叫的感觉了。

水杯摔在地上。医生逃走了，甩下一句话，人不能恩将仇报。

可是，直到赵乐盐离开接待室，坐上网约车回家，她还是没能得到"说法"——她到底为什么瞎了。

她尝试去做一些事情，希望能赚点钱，也为自己赚一份自尊。她的工作合同即将到期，往后每个月只能领取1070块的低保。赵乐盐的法语和英语都是专业八级，日语二级。她问朋友，有没有教小朋友口语的机会。此外，她还想学盲文，或许有一天，可以写一本关于自己的书。之前病情稍有好转时，她从病房偷偷溜走，去做一场口译（那时还能看见），回来就瘫倒了，脸色苍白，半天站不起来。

老赵算了一笔账，如今每个月的医药费，加上针灸理疗的开销、来回打车的费用，差不多是一万五。他和老许早年双双下岗，前几年才领到退休金，每月三千。好不容易存了些钱，原本想着把老房子装修一下，装个淋浴房，"再有就是女儿的嫁妆"。

厄运来得猝不及防。眼下，老赵最担心的是，哪天对靶向药产生耐药性了，该怎么办。

> 最近被我爸气完又被我妈气，我又一次地想到了死，头也疼了起来。
> 就这样死掉确实有点可惜，我的吉他和钢琴还没有学成。
> 但如果我真的再一次病危了，不要救我，请放过我。
> ——赵乐盐微博

除夕夜，吃过春卷和八宝饭，赵乐盐坐在沙发上，老赵坐在她左边，老许坐在右边，小狗三三趴在她的腿上，一家人看春晚。老许做了冰糖核桃仁，灶头上炖着水果羹。手机一直在响，收到很多朋友的祝福，不是群发的那种。2018年就要过去，这一刻，赵乐盐感到了温暖和宁静。

去年的这个时候，她还躺在病床上，眼前一片漆黑，手指不能感知，大小便不能自理，握不住牙刷，拿不起包子，闻不出任何味道，每天跟爸妈吵架，吵来吵去无非是为什么不让她去死。她期待有朋友来看她，或许可以讨论下葬礼的问题。

如今，她已经习惯了在黑暗中洗澡，在黑暗中把身体擦干，在黑暗中摸出衣服的正反并穿上，在黑暗中走回房间，坐在沙发上弹吉他，等待 VOICE OVER 提示有什么人跟她说话了。

在海南，一个沙滩的工作人员不相信赵乐盐是盲人，坚持要她买票。赵乐盐陷入了"如何证明自己是瞎子"的困境，她百口莫辩，甚至有一点想笑。后来，是朋友在网上找到了相关证明。赵乐盐换上泳装，拒绝老许的搀扶，一个人走向波涛深处。冰凉的海水渐次没过膝盖、大腿、腰，她想，如果被一个浪头带走，也就一了百了了吧。她曾无数次想过死，想象着从自家窗口跳下去，会不会砸到楼下的晾衣杆。此刻，死亡近在咫尺。可是不能，她猛然惊觉，来海南是朋友的邀请，这样死掉，会给朋友带来麻烦。她掉了一滴泪，慢慢地退回岸边。

赵乐盐坐在轮椅上，弹了会吉他。海浪声很大，盖过了吉他，这跟想象中的有点不一样。她放下吉他，听大海的声音，等心情慢慢平静。她睡着了。

她梦见了高三那年的寒假。那段时间，她和同桌几乎每天约在区图书馆自习。她抄了整整一本的错题集，封面上的机器猫冲着她笑，彩色的标签纸像彩色的小旗帜一样，为她鼓劲加油。学累了，偶尔开个小差，给某个学弟发短信，抱怨高三好辛苦，学弟的回复总能让她的心情明亮一些。日子就这么悄无声息地过去，辛苦而充实。翻开当时的相册，她靠在朋友的肩上，一头浓密的短发，咧开嘴笑着，那表情是奔着未来去的。

2015 年 12 月，27 岁生日那天，赵乐盐发了一条微博，"时间不是解药，人才是"。那时距离她生病，还有不到一年的时间。

病床上的赵乐盐

赵乐盐又一次挺过来了。

在老赵老许的搀扶下,她艰难地坐起来。病床摇起一半,又在背后垫了三个枕头。赵乐盐慢慢地喝掉半碗粥,这是她一周来第一次自主进食,又跟来看望的朋友说了一会话。声音沙哑,不时被咳嗽打断,有些字音发不出来。胯骨和大腿骨还是疼得厉害。每隔四五个小时,她就催促老许去问护士,能不能再给她一剂镇痛药。

护士基本答应了她的要求。

六天前的夜里,她突发癫痫,从病床上摔下来,继而陷入浅昏迷。医院下了病危通知书。癫痫的原因是,脑部肿瘤持续增大,压迫到神经。

发作的第二天,我去看乐盐,她身上插了五六根管子,疼痛、咳嗽,以及插管的不适,让她像一条砧板上的鱼一样在病床上翻腾。我握住她的手,在她耳边说,乐盐,是我,交大的坏人来了。

她的手握紧了一点,脸部肌肉抽动了一下,可能想做一个笑的表情。

瑞金医院十二楼,窗外,大雨倾盆。

赵乐盐有个微信后援群,病危的消息在群里传开后,在上海的朋友几乎都赶来了——王大力,赵乐盐的中学同学;阿黛拉,大学时的师妹;木木,出版社的编辑,曾打算给乐盐出一本书;葛大牛,乐盐的吉他老师;还有几个我叫不出名字。大家围了一圈。别的病人和家属经过时,好奇地朝这边张望。

"妹妹侬热伐,哦热的对吧,阿拉把被子拿掉","我帮你去叫倪医生,倪医生是好人对伐",老赵守在乐盐身边,上海本地人管女儿也叫"妹妹"。老赵已经两天一夜没合眼了。乐盐想吐痰,老赵赶紧把餐巾纸送到嘴边,可是她已经没有力气,只能像大闸蟹一样吐出一点白色的泡沫;棉花棒沾了水,濡湿她皲裂的嘴唇;乐盐的腿骨疼,老赵和老许轮流替她按摩;身体的不适让她本能地不时挥动手臂,企图扯掉插在鼻子里的氧气管,老赵轻轻按住她的手,"妹妹乖,管子不好拔的"。

在我看来,老赵今天说话特别温柔。以往,因为他的暴脾气,乐盐没少抗议过。老赵给乐盐擦了一把热水脸,转过身的时候,这个六十三岁的男人眼眶红了。

自从女儿肿瘤复发,两个月不到的时间,老赵的体重从一百二十斤跌到不足一百。

医生问老赵，要不要抢救，老赵陷入了两难。他不是不知道抢救的残忍——气管切开，插入呼吸机，人工心肺复苏，"肋骨都要压断几根，伊哪能吃得消"。何况，这次就算抢救过来，以后呢，以后怎么办？图像显示，肿瘤再一次在肺部、脑部、骨头里攻城略地，药物基本控制不住。可是，"伊还年轻呀"，老赵不甘心。潜意识里，他还在期待奇迹的发生。

老赵是见过奇迹的人。一年半前，肿瘤转移到乐盐的骨头和大脑，医生委婉地建议，放弃治疗。老赵拒绝了。等找到配对的靶向药，熬过最艰难的日子，乐盐的身体一天天好起来，可以吃饭了，能下床走路了，有力气跟老赵吵架了。这一年多的时间，是老赵抢来的。

老赵的口头禅是"个么哪能办"（这可怎么办）。个么侬讲哪能办啦？伊还年轻呀，说着泪欲下。为了争取更好的治疗条件，他跟医生骂过山门，摔过水杯，也赔过笑脸，苦苦哀求。更多的时候，是个么哪能办。这一回，由于病情太过险恶，多家医院拒收，瑞金是老关系，好说歹说，给乐盐安排了一个床位。个么哪能办啦，老赵搓手。他的眼窝深深地凹陷下去。

最终，老赵在放弃抢救同意书上签了字。

赵乐盐说我是"坏人"，这事得从一篇文章谈起。

2018年下半年的某一天，有个朋友跟我讲，认识一个生病的女孩子，"有没有兴趣写一下？"

她大致描述了女孩的现状——29岁，未婚，肺癌晚期，因脑部伽马刀手术导致双目失明，目前靠靶向药物维持生命。

我很同情这个女孩，但同情不是写作的理由。世间苦难太多，菩萨也垂首低眉。直到我听说她失明后学习吉他和钢琴，她与父母间的冲突与和解，她的两次离家出走，我对朋友说，我来写。

赵乐盐热情地欢迎了我的到来。给我的第一印象是，她是一个乐观豁达的女孩，对待朋友真诚，总是带着笑容，说话反应极快——赵乐盐以前打过辩论赛。你长得帅伐，她摸着我的脸问。失明后认识的新朋友，她都要先摸一遍脸，在心里想象出一个形象。我说，你照着吴彦祖的样子想就可以了。后来我认识了她的吉他老师葛大牛，跟葛老师互相吹捧，一个是静安寺吴彦祖，一个是曹杨新村陈冠希。赵乐盐笑得花枝乱颤，你们就骗我吧，她说，你们就尽情地欺负一个瞎子吧。

采访进行得挺顺利，当时有个非虚构写作大赛，我跟赵乐盐讲，我们一起参赛吧，你提供素材，我来写，到时奖金一人一半。她兴奋地答应了。

我说，还需要采访一下老赵。赵乐盐明显地迟疑了一下。

我爸会瞎讲的。

去的次数多了，赵乐盐感觉到，在与父母的矛盾中，我并不总站在她这一边。有一次，她生气地说，我再也不会百分之百相信你了，再也不会什么心里话都对你讲了。

加上她曾经喜欢的一个男生（后来向她出柜）也是交大毕业，赵乐盐由此下了结论，"交大的都是坏人"。

想了想，补充道，"除了姓刘的"。

这位刘姓的交大好人，是赵乐盐支教时的朋友。第二轮伽马刀手术后，赵乐盐陷入重度昏迷。刘同学给乐盐拍了照，申请到一个公益筹款，解了老赵的燃眉之急。赵乐盐后来问我，照片好看吗？那段时间她服用了大量的激素药物，"是不是胖成猪头"了？

Leslie 来了。她握住乐盐的手，温柔地抚摸她的额头，呼唤她的名字。

Leslie 是赵乐盐毕业实习时认识的姐姐，也是她最重要的朋友之一。乐盐失明后，有一次跟老赵老许吵架，她摸着楼梯的栏杆，一个人离家出走了。偏偏熟悉的酒店举行会议，一间空房都没有。左右为难之际，是 Leslie 赶来，征得老许的同意后，把乐盐接到家里，请假陪着她。三天后，Leslie 护送乐盐回家。老赵老许很默契，不再提之前吵架的事情。

我在文章里写，"赵乐盐又一次赢得了胜利"。给我的感觉是，自生病以来，这个女孩就一直在失去，一直在输，输到如此田地，然而在这里获胜了。后来我删掉了这句话，怕乐盐不开心。

赵乐盐很不开心。听过文章后，她趴在床上哭了一整天。她觉得作者坏透了。写的确实是真事，这让她无力反驳，但味道明显不对，能读出批评的意思。老赵显得比较伟大，为她付出了很多，而她因为任性，给老赵老许增添了更多的麻烦。生病的是我，吃苦头最多的也是我好吧，赵乐盐愤愤不平地想。尤其失望的是，她把作者当朋友，说了很多掏心掏肺的话，作者却没有把她写得"可爱一点"。她说过，弹钢琴不是最后的心愿，谈恋爱才是。接受采访时，她还幻想着，等报道出来，会有更多的人知道她，说不定还会有男孩子喜欢——现在全完了。

老赵给我打电话，说乐盐哭得很伤心，让我劝劝她。老赵叹气，伊就是这样，不爱听不好的话，侬看，好不好哄哄伊……

最后，千叮咛万嘱咐，不要提他打电话来的事——乐盐知道就更不高兴了。

我对乐盐说，我决定撤稿了。退出比赛，也不会发表在任何地方，这篇就当白写。乐盐说，不要，我已经伤心过了，就算撤稿也不能弥补我受到的伤害，再说奖金也没有了，你这个坏人。

住在 Leslie 家的那几天，赵乐盐和 Leslie 有过一次对话。Leslie 举例说，自己对紫菜过敏，而她妈妈有时会忘记，仍然在汤里加紫菜。乐盐哇哇叫起来，这怎么可以。Leslie 说，有啥不可以，我把紫菜撩掉不就好了，重要的是解决问题，而不是再花时间和精力去纠正父母。乐盐若有所思。过了一会，她说，那我看不见紫菜怎么办？

后来，她把 Leslie 的解决方案称为"紫菜精神"。

我和 Leslie 聊过这事。我们八零后一代，习惯了由长辈们构筑的世界，且默认这世界不会改变。赵乐盐不一样，她会去表达，去抗争，去正面硬杠。她认死理，像一个尽职的辩手，全力捍卫哪怕在世人眼中并不成立的价值观。她要父母承认犯下的错误——大吼大叫是错的，说话不算数是错的，冷淡和粗暴都是错的。她不放过。当父母不愿从命时，矛盾便爆发了。

赵乐盐不是个传统意义上的乖乖女，懂事、贤淑、温良恭俭让这些词与她毫不相干。她是大写的自我。另一方面，她的倔强、较真和不妥协，她的任性、自尊和臭脾气，她对生活品质的追求，何尝不是一种旺盛的生命力。那天 Leslie 和朋友来看乐盐，乐盐说不出话，两人便坐在床边，闲聊给她听。当说起某家酒店的"超贵的"SPA（水疗）时，被病痛折磨得死去活来的乐盐突然插嘴，艰难地说，我要去。Leslie 差点要哭了。她对乐盐说，等你出院了，姐姐带你去。

七月初，赵乐盐开始咳嗽，一天比一天厉害。她不能直立，不能平躺，只有靠右侧卧时，才会稍微缓解一点点。从躺到坐，从坐到站，每一次体位的改变，都会引发一阵剧烈的咳嗽。她无比疲惫，睡着几分钟就会咳醒。由于咳得太厉害，尿液渗出来，内裤会湿掉。所以她不愿憋尿，稍有尿意就挣扎着去上厕所。从床到厕所大概十步路，中间要停下来一次，咳得蹲在地上。终于坐到马桶上了，于是放心地一阵猛咳。她能做到的，就是少喝水，哪怕医生再三嘱咐，喝水可以缓解药物的副作用和不良反应。她不管，拼了命地，要挣那最后的一点体面。

咳嗽来势汹汹，或许跟耐药有关。第三代靶向药吃了一年半，效果良好，肿瘤被有效地抑制了。那一段时间，除了看不见、体力不太够，赵乐盐看起来和普通人基本没啥区别。老赵在她房间里摆了一个别人送的滑雪机，让她没事踩一踩，增强些抵抗力。而六月末的一次CT报告显示，肺部的肿瘤有死灰复燃的趋势。

医生建议化疗。化疗要掉头发，赵乐盐心疼那一头好不容易长回来的黑发。经过多次沟通，最终选择服用一种新的靶向药。

新药并没有产生预期的效果，赵乐盐的咳嗽控制不住，更要命的是，脑部和骨头里的肿瘤也卷土重来。

人的承受力是有弹性的。以前赵乐盐认为，看不见是最大的痛苦，是天底下最残酷的刑罚。现在她觉得，如果可以不这么咳嗽，不用时时忍受身体的疼痛，那么，她情愿一直安静地待在黑暗里。

七月中旬，三三死了。三三是一条流浪狗，被乐盐捡回来，养在家里。老许特别喜欢带三三去打麻将，听它叫，旺！旺旺！大概是吃了不洁的食物，三三拉了几天肚子，最终撒爪人寰。这对赵乐盐是一个打击，甚至像一种心理暗示。她泄了气一般，不再频繁地在微博上吐槽老赵和老许，在朋友们看来，以往那种旺盛的斗志和活力也随之消失。她抱着小狗靠枕，一边咳嗽一边流泪。后来，她在微博里写，任何一只在雨中流浪的小狗，都能让她在心底放声痛哭。

文章刊登出来，赵乐盐仔细听了每一条评论，有为她祈祷的，有称赞她坚强的，也有批评她不体谅父母的。有个人讲，她爸妈养她到现在，已经很不容易了。赵乐盐气得要死。为此，她在微博上大大吐槽了一番。有一句话让她久久地感动：用我看得见的眼睛，为她流下一滴泪。赵乐盐闭上了眼睛。

她终于肯原谅了我。那天她发语音跟我讲，最近读了一些非虚构作品，对这个文体有了些理解，停顿了一下，说，相比之下，你那篇写得还算不错。

七月底，非虚构写作大赛结果公布，《赵乐盐失明后的第三百九十五天》拿到二等奖，奖金两万块，扣掉税，剩下一万八不到。我取了九千，装在大号的红包里，去乐盐家。一位好心的姐姐读到乐盐的故事，给我转了一千块，托我带给乐盐。

乐盐摩挲着红包，眯着眼睛，笑得阳光灿烂。因为咳嗽，她说得断断续续：

我很开心，真的很开心……那位姐姐的红包我收了，代我谢谢她……你的九千块拿回去，真的……毕竟文章是你写的，我不能要……以后有机会，就用这笔钱请我喝咖啡听音乐好不好？

我说，好的。

离开的时候，我把钱塞给了老赵。

我想到，拥抱的时候实现了一种公平：我看不见你的脸,你也看不见我的脸,不像其他的大多数时候,只有我看不见。

——赵乐盐微博

赵乐盐又一次住进瑞金医院。身体状态尚可的时候,她坚持让老赵老许晚上回家。并不仅仅出于体谅,她一直想证明,自己一个人可以的。一个人住院,一个人上厕所,一个人听手机,一个人吃药,一个人睡觉,不舒服的时候按铃叫护士。后来,随着病情的恶化,老赵开始寸步不离。

头一回,赵乐盐在微博上感谢了老赵和老许,用她的话说,"人之将死,其言也善"。感谢他们每天给她准备洗脚水,在她洗得动澡的时候给她抹肥皂,洗不动澡的时候用热毛巾擦身,再换上干净的T恤;特别鸣谢了老赵,近一年来,他的脾气好了很多,"值得赞许"。第二天,乐盐在微信跟我吐槽,"果然夸不得啊",因为一件小事,老赵刚才又凶了她两句。

她依然赤诚地对待朋友们,无论自己多么难受,也尽量在朋友来看她时保持最好的状态。这一阵,老赵不再提前告诉她,一会谁谁会来,用老赵的话,叫"给她惊喜"。不然的话,万一朋友有事耽搁了,迟到或者失约,乐盐会一直等。

从某种意义讲,乐盐对朋友的留恋,似乎要大过对人世的留恋。世界一次又一次伤害她,朋友带给她片刻的慰藉;朋友们不忍让她失望,而这世界根本不在乎。"天地不仁,以万物为刍狗",是对的。一个灵魂,或者大脑的受难,有什么意义?被折磨有什么意义?感慨,触动,目击生命残酷的真相,是旁观者的视角。一个人的痛苦、绝望、挣扎和熄灭,说到底,不过是神经电信号的微弱闪烁。古早韩剧《蓝色生死恋》里,恩熙说,想当一棵树。很多身患重疾的人,都恨不得自己是一棵树吧。树没有痛苦。树有尊严。

赵乐盐喝完粥,示意可以把床摇下去了,她的腿已经疼得不行。老赵替她捶打,老许去收拾碗筷。我对乐盐说,之前谁谁来看过你的,你还记得不?乐盐说,有的记得,有的不记得了。她露出抱歉的表情,我太没用了。过了一会,又带着骄傲的神情,说,我的朋友都很厉害,都是很好的人。我说,那交大的坏人,算你的朋友吗?这次她能笑出来了,说,算的。

差不多该走了,我们跟乐盐告别。她艰难地举起两只手,是拥抱的意思,她能触摸到的告别方式。赵乐盐闭上眼睛,跟每个人都认真地拥抱了两次。第二次拥抱时,她是那么长久地用力,以至于我使了一点力才挣开来。她察觉到了,于是松了手,转过脸去。

附记:

赵乐盐说,我要去西藏。

老赵吼起来,不行,绝对不可以!你不看看你这什么身体,还西藏!

事情是这样的。朋友转给赵乐盐一则广告,介绍的是专门针对视障人士的西藏旅行团，5880元一个人。她动心了。

老赵把我拉到门外，给我看行程：成都集合，随后是康定、理塘……老赵小声说，讲么讲5880元一个人，她妈妈肯定要陪着去吧，一路上要吃要住吧，还不算来回机票。钞票的事不要去讲，关键是她的肺。老赵愁眉苦脸，这种高海拔地方，伊吃得消吗？万一出啥问题，救护车都开不进去，侬讲是吧？

我点点头。

老赵说，再讲了，她现在这个样子，什么都看不见，我就搞不懂了，为啥心心念念，要去什么西藏。

老赵一再强调，钱不是问题。其实我知道，钱也是问题。老赵和妻子中年下岗，前几年才拿到退休金。如今，老赵两手一摊，说什么好呢，还有什么好说的呢？

我走进房间，赵乐盐正倚靠在床头，怀里抱着吉他。听见我的声音，她抬起头，笑嘻嘻说，替我爸当说客来了？

我说，其实这个事吧……

其实不用说什么，道理她全明白。她知道老赵舍不得她，想让她多活一会。可她不觉得这样活着有什么意义。她被困在深不见底的黑暗里，依赖每月上万元的进口药维持生命，忍受着各种身体疼痛和药物反应。不能工作，不能逛街，不能喝下午茶，也不能谈恋爱——她还没谈过恋爱呢。无数次地，她想到了死。

老赵觉得有意义。在老赵看来，活着就是最大的意义。活下去，咬牙切齿地活下去，多坚持一天，就多一分变好的可能。

她说起上一次进藏，那是在六七年前，她和朋友去青海大通支教，结束后便坐火车去了拉萨。她走在八廓街转经的人潮里；她在雍布拉康眺望落日和远山。她带回一块圣湖边的小石头，搁在写字台上。后来她想，这是不对的，要还回去。她记得那里的阳光，透明冰冷，没有重量；她记得那儿的风，凛冽的、坚硬的风，带着酥油和青稞的味道，跟曹杨新村的风有所不同。她说，现在是看不见了，能听一听那风声也好呀。

我说不出话来，想好的说辞一句没讲。她要去的不是西藏，是过去，过去是她的盾牌。她留恋那段岁月，年轻的、健康的、无忧无虑的岁月。她被疾病囚禁了太久，如果可以，她愿意抛下现在的一切，换取片刻的自由。

第二天，老赵打来电话，让我再劝劝乐盐，千万打消这念头。老赵叹气，朋友的话，或许她还愿听。末了，老赵反复关照，千万不能讲他打电话来的事，不然让她知道，又要不开心了。

现在，说出来也无妨了。赵乐盐又撑了一年多，癌细胞再次转移。最后的时刻，老赵握紧她的手，感觉到皮肤一点一点变凉。

赵乐盐终究没去成西藏。组织方听到她的身体状况，婉拒了她的申请。她哭了。

后来她想，幸好已经去过了西藏。幸好做过了那些事情。她在圣米歇尔山喝酒看日落；她在火车上向暗恋的男生表白；她给自己买了好看的帽子和连衣裙；她用法语写诗；她在失明后学会了弹钢琴和吉他；她真诚地对待朋友，朋友也同样真诚地对她。生病后，她给自己起了个新名字，叫乐盐，签名档是：Willing to be the salt of the world。

泪水被风吹干，留下的，是盐。

那天，我们送别了乐盐。我看到老赵哭得岔过气去。赵乐盐静静地躺在玫瑰花丛中，屏幕上循环播放着她昔日的笑脸，和她老师为她写的一首诗：

> 看不见的桂香
> 和不甘心的归人
> 抱着书，你抱着书
> 穿行，还在穿行
> 眼睛里的光，花的盛开
> 塞纳河边，依然缪斯的裙裾
> 匆匆啊，春风你匆匆
> 山茶落下完好庄严，你像
> 磊磊不羁欣然佳人，你是
> 你是用力，你是天真
> 你是奋不顾身的豪侠
> 生机盎然的一瞬，是你
> 你是
> 爱与心疼的永恒。

平行宇宙的另一个我

理学院是一栋建于二十世纪五十年代的苏式建筑，李殊的办公室在三楼。窗台上摆着几盆多肉和一些不知名的花草，窗外是一排水杉。下午三点钟，阳光斜射进来，树影花影摇曳。桌上除了显示器、打印机、散乱放置的论文、一本《广义相对论中的偏微分方程》，还摆了一张少女偶像的照片。书橱里站着 Q 版的黏土玩偶，是同事送给李殊的礼物。李殊向我展示了最新的珍藏——一盒《文豪野犬》的限量版徽章。在这部日本动画中，世界文豪均以美少年的形象出现。太宰治有一张忧郁精致的脸，会使一招"人间失格"；夏目漱石能变成一只猫；陀思妥耶夫斯基是个优雅阴沉的反派，必杀技叫"罪与罚"。这是李殊钟爱的二次元世界。她指给我看其中的一枚徽章，极稀缺的版本，价值一千多元。因为这盒徽章，新婚不久的先生发了牢骚。她自知理亏，暗自检讨了一回，觉得"是该收敛一下了"。

先生是她复旦数学系的同学，毕业后去了一家 IT 巨头，从事软件架构工作，收入不菲，加班是家常便饭。两个数学博士据说"被中介忽悠"，高位买进一套房子，每个月有近两万的按揭要还。相比先生，李殊觉得自己还算幸运。博士毕业后，她来到沪上某高校，任特聘副研究员，至少，可以继续做她的数学。

在同事阿常的眼中，李殊是个率真到可爱的人。婚礼前，李殊信誓旦旦要减肥，实际只坚持了一天，理由是"反正婚纱照可以 PS 的"。但当体检报告出来，身高体重比超了一点，李殊立刻戒掉了心爱的小蛋糕，"数字是无法作伪的"。

阿常是李殊的伴娘，她记得，在接亲的环节，新娘子给两位伴郎出了两道数学题，解不出来要给红包。最复杂的一道偏微分方程理所当然地留给了新郎。新郎微微一笑，那我简单证明一下？随即提笔，"唰唰唰"演算了起来。阿常看呆了。

工作日，李殊一般睡到九点多，来办公室随便弄弄，就到了午饭时间。她跟阿常几个人一块去吃饭，大家叽叽喳喳，天南海北瞎聊一气。要是天气不错，饭后就再散会步，绕着大草坪走一圈。下午通常用来处理杂事，比如填写各种表格，参加一些会议，或者去财务处跑报销。这学期，她给研究生开了一门"应用微分方程"，还有一门本科生的"线性代数"。李殊喜欢上课，但备课让她头疼。晚饭后是真正的工作时间，办公室只剩下她一个人，窗外漆黑，楼栋安静。她关掉手机和电脑，钉在桌前，笔在稿纸上疾走，注意力光束一般聚焦。这期间，不喝水，不上厕所，不做别的任何事，完全忘我的状态。如果拍成动漫，发梢大概会冒烟。全程持续两个多小时，顶多三小时，再长身体吃不消。事后她瘫在椅子里，精疲力竭，被掏空了一样。有时脑壳会酸痛，像大脑的肌肉在抽筋。

烧脑的结果并非都有用，确切地说，绝大多数是无用的。纯数学是一门艰深的学问，有时会有一些阶段性的进展，但后来发现，大方向错了，之前几个月，甚至几年的努力统统白费。但对李殊来说，这是获得突破的唯一路径。迄今她所有的研究成果，都诞生于这修仙般的烧脑过程。

李殊1991年出生在江苏无锡，父亲是个有抱负的人，读书成绩极好，初中毕业碰到"上山下乡"，在苏北农场务了八年农。他给女儿起名"殊"，希望她成为与众不同的一个。小学时，李殊的数学成绩也就"一般性"，"混混日子"，到了初中，天赋开始觉醒，任何题目都难不倒她。她以数理化满分的成绩考入无锡市天一中学，进入理科强化班。班上的同学大多从小学起就接触奥数，她起步最晚。在指导教师徐晨东的眼中，李殊算不上聪明绝顶，但对数学有一种绝对的痴迷，追求刨根问底，对技巧的理解非常深刻，"有点希尔伯特的风格"。高二时，李殊参加"希望杯"全国数学邀请赛，拿下金牌。有人问她，你数学这么好，一定有什么诀窍吧？李殊一副动漫里的呆萌样，挠着头说，没有吧。那人不屈不挠，说，一定有的，再想想。李殊想了半天，只好说，真的没有……数学就是很简单啊。那人被气走了。

她高考数学和物理都接近满分，却被文科拖了后腿，没能考入心仪的复旦数学系。徐晨东担心她会受打击,却发现这个女孩"精神特别强大"。大二的暑假,李殊被叫去参加数学建模大赛的集训,她不是很喜欢建模,但还是去了。在学校的机房里,李殊随手点开一个日本偶像组合AKB48的视频,一下子"被燃到了"。数年后她成为一名"饭圈女孩",想来是那时埋下的种子。

李殊从小喜欢动漫,《灌篮高手》《火影忍者》《幽游白书》《钢之炼金术师》陪伴了她的青春。她偏爱那种永不服输的热血主角,欣赏《棋魂》式的逆袭。研究生阶段她杀回了复旦,从事几何分析与偏微分方程方面的研究。她至今怀念在复旦的时光。那时的生活更简单一些,从早晨睁开眼,可以随时随地想数学问题。体力也更好,一天能烧两次脑,下午一次,晚上一次。

系里有个老先生,载入科学史的人物,八十多岁了,还在做数学研究。有时碰到了,就跟晚生后辈们聊聊天。老先生说,你们数学做不好,是因为语文不好,音乐不好,"回去多读一些文学作品,把唱歌练练好,没准研究就做出来了"。

导师鼓励学生做新的东西,所谓的新东西,就是那些没人解出过的数学问题,人类智力的无人区。每一步都是前无古人的,同时意味着风险——前方是金矿还是沼泽,完全不可预知。李殊有个师兄,天赋极高的那种,研究时钻了牛角尖,死活走不出来,弄到身心俱疲,最后勉强毕业了事。李殊的第一项研究成果,是流体力学中一维欧拉方程的爆破(爆破:速度和加速度无穷大,方程失效)。她苦苦跋涉了许久,却始终看不见终点。那天她去找导师讨论,做好了"再算不出来就放弃"的准备。两人轮流在写字板上推演,突然间,云开雾散,所有的山和沼泽都消失了,道路变得澄澈透明,只剩下一些技术性的障碍。导师对李殊说,今天你就把它做出来。李殊回到宿舍,埋头计算,那些烦琐复杂的推导,指向一个简洁明了的结果。她知道,这是对的。当她从稿纸中抬起头来,已经是深夜十一点。李殊约上室友,去复旦北门外的黑暗料理摊,一人叫一瓶饮料,点上几串烧烤,算是庆祝了一番。

第二次突破来自 Oldroyd–B 方程。一般认为,此方程只有在特定的"结构性假设"下才能求解(类似中学数学里的"缺条件"),李殊告诉导师,不用加假设,她也能解出来。导师不信,她就一步步演算给导师看。等论证完成,导师拍着她的肩说,恭喜你,可以出师了。此时又到了深夜,唯一能庆祝的地方只剩下北门料理。跟上次不同的是,这回有男朋友陪着她,也就是多年后的"先生"。

在此之前的三年时间里,李殊换过三个研究方向,没写出一篇论文。她焦虑苦闷,一次次怀疑自己。朋友跟她讲,有个新成立的本土少女组合——SNH48 的首秀,要不要去看看。

李殊记得很清楚,那天是 2013 年的 1 月 12 日,门票 48 元一张。她是抱着 diss(怼)的心态去的,觉得不过是山寨版的 AKB48。与日后的公演相比,首秀有诸多的不成熟,女孩们显得有些紧张,唱歌出现了破音,跳舞也不太齐。那份笨拙的努力打动了李殊。她坐在欢呼的人群中,有了流泪的冲动。

从此她"入了坑",每个周末都乘坐地铁十号线,从复旦大学去嘉兴路上的星梦剧场,为偶像们打CALL(应援)。SNH48全团(包括北京、广州、沈阳、重庆的姊妹团)最多时有三百六十多名成员,这些在外人眼中"长得都差不多"的女孩,李殊能如数家珍地报出每一个的来历。演出结束后,她排着队,与偶像们轮流击掌,分享成功和喜悦。她买了许多握手券,单张握手券的价格大约是35元,可以同一名成员握手聊天10秒钟,一次最多可使用30张。下回再去时,偶像就记住了她。偶像问她,在哪里念书,辛不辛苦,然后瞪大眼睛惊叹:"哇,好厉害耶!"她过生日,偶像给她手写贺卡,写了满满一张纸,字迹稚嫩,"不要再说抱歉的话,那你不就饭(fan,喜欢)我饭得太辛苦了吗?"

在李殊看来,偶像与明星有着显而易见的区别。明星高高在上,带有某种神秘光环,与粉丝保持安全的仰视距离。偶像是普通人,是身边人,尤其是那些养成系的偶像,你看她入圈,看她一点点进步,一点点变得厉害,看她在舞台上闪闪发光,你会觉得,自己所有的付出都是值得的。李殊觉得,偶像就是平行宇宙的另一个你,她替你去打拼,去实现你未竟的梦想,而你要做的,是全情的陪伴与支持。

李殊买过许多应援物,从几十块的毛巾、荧光棒到几百上千块的相册、签名海报。在这场游戏里，喜欢就意味着责任，花钱的责任。握手、合影、投票、应援……折算成真金白银，流入幕后的经纪公司。不是看不透这一切，很多时候，掏钱包的理由，仅仅是"不想让偶像失望"。粉丝们的付出，直接决定了偶像的出场顺序、曝光率、歌词数量以及舞台上的位置。那种妄想不花钱的喜欢，被嗤为"白嫖"。

每年 7 月，SNH48 举行年度总选举，由粉丝投票数决定成员们的最终排名，以及相匹配的资源。投票方式包括但不仅限于：购买 78 元一张的 EP（单曲），附带一张投票券、生写、握手券；购买售价 1500 元左右的大盘，含一张 EP 和一张全员应援券（相当于几十张普通投票券）；囊中羞涩的学生党，可以在官网点击，5 块钱投 0.1 票。

第一届总选举在 2014 年，李殊当时的偶像是万丽娜，一个粉丝心目中"资质普通但一直很努力"的江西女孩。7 月 26 日晚，名为"一心向前"的总选举发布会暨演唱会在长宁国际体操中心上演。之前预估，万丽娜的最终排名应该在十二三名左右。当主持人宣布入围 TOP16 的名单时，现场气氛达到最高潮。第十六名，徐晨辰，5344 票；第十五名，孔肖吟，5413 票；第十四名，易嘉爱，5653 票……李殊暗自高兴，偶像没让人失望。第十三名，戴萌，5785 票；第十二名，龚诗淇，5877 票；第十一名，李宇琪，6027 票……身边的小伙伴跳起来，偶像进前十了！第十名，陈观慧，6318 票；第九名，陈思，6407 票……

一个个名字叫下去，心揪得越来越紧。当公布到第四名时，李殊绝望了，她接受了这残酷的现实——偶像没能进入TOP16。她忘了自己是怎样离开那个充斥着喧嚣和眼泪、悲伤与狂喜的舞台，只记得自己在地铁里哭得上气不接下气。第二年的总选举，李殊和小伙伴们铆足了劲，为偶像"复仇"。李殊瞒着父母，拿出一万五千元奖学金，全部投给万丽娜。最终，偶像以31608.3票获得第六名。那一刻，偶像在台上哭，李殊和小伙伴们在台下哭。胜利了。

工作后，李殊去剧场的次数少了许多，也不再那么冲动地花钱。交通不便是一方面，另一方面是"节操碎了"，即不再专注于某一个偶像，而是同时喜欢上好几个，用情不深，像个渣男。此外，毕业后直面经济压力，人会变得现实很多。但她不后悔那段痴迷的日子，事实上，她感谢偶像们陪伴她走过的日子。数学是孤独的事业，仰赖单兵掘进，"一意孤行"。越是艰难的问题，越需要独自面对。追星却是一种立竿见影的快乐，投身热闹的人群，一起哭一起笑，是忘我的轻松。如今，在低落或疲惫时，李殊还是会习惯性地戴上耳机，打开一段昔日的视频，燃情的音乐响起，不知不觉，眼泪流下来。

李殊的研究方向之一，是"杨–Mills方程"在弯曲时空中的适定性（数学术语，指方程存在唯一且稳定的解）。现代物理学认为，宇宙中有四种基本的力：电磁力、引力、强相互作用力、弱相互作用力。一切物理的现象都源自这四种力的组合。科学家们冥思苦想，希望找到统一这四种力的"终极理论"。1954年，时年32岁的杨振宁和学生 Robert Laurence Mills（罗伯特·劳伦斯·米尔斯），提出杨–Mills规范场论。规范场论完美地统一了引力之外的三种力，被视为近代物理学最重要的成就之一，其核心是杨–Mills方程。2017年，Joachim Krieger（约阿希姆·克里格）和 Daniel Tataru（丹尼尔·塔塔鲁）在数学上证明了杨–Mills方程在闵可夫斯基时空（平直的空间与时间）的适定性，而根据爱因斯坦的广义相对论，引力是时空弯曲的一种表现。李殊的研究，容易令人联想到"大一统"的终极理论。在科幻电影《星际穿越》中，正是这"终极理论"拯救了地球。

李殊主攻的是纯数学理论部分，与"拯救地球"差得很远。她坦言，至少目前看来，自己的研究并没有什么实用性价值。一次校外答辩会上，某位领导请李殊阐述项目的应用前景，李殊老老实实地回答，没有。领导觉得可惜。以世俗的标准衡量，许多纯数学研究本身是无用的，比如哥德巴赫猜想，比如孪生素数猜想，比如费马大定理，一代代数学家为此煞费脑筋，却不太可能转化为实际的生产力。

黎曼是个例外。十九世纪中叶，黎曼发展了一套不同于传统几何学的体系——黎曼几何。在黎曼几何中，空间是弯曲的，同一平面内不存在两条平行线，也不存在无限长的直线。黎曼去世近五十年后，爱因斯坦发现，黎曼几何能完美地描述被质量扭曲的不均匀时空，并以此作为数学基础，创建了大名鼎鼎的广义相对论。李殊觉得，数学可能有用，但为了"有用"去研究数学，是另一回事。黎曼之外，更有无数卷帙浩繁的数学公式、定理躺在故纸堆中，多少年无人问津。纯数学是一种纯粹的对知识的追求，不应抱功利性的目的。事实上，当围棋被 AI 攻克后，纯数学已是人类智力最后的堡垒。在此疆域，当今最强大的算法和超级计算机，也无法企及大脑思维的深邃。

与其他学科相比，纯数学研究的条件相对简单：一张纸，一支笔，一张安静的桌子，以及大量可自由支配的时间。目前的科研体制下，为便于考核，每一个岗位都设有相应的要求，比如特聘副研究员，三年考核一次，要求五十万以上的科研经费到账。为了完成考核指标，数学家必须不断发表新的论文，申请新的项目，哪怕是一些阶段性的成果。李殊手头有一个国家级项目，三个省部级项目，她用经费购买了性能优越的计算机，主要用于修改论文、做PPT 以及收发邮件。最核心的演算，只能在纸上完成。

对于那些"大问题"，三年是太短的时间。菲尔兹奖获得者、英国数学家蒂莫西·高尔斯有个比喻：数学中绝大多数影响深远的贡献，是由"乌龟"而不是"兔子"完成的。李殊崇拜的数学家张益唐，青年起即专注于破解朗道－西格尔零点猜想，至今仍在艰难逼近中。由于长期不发表论文，张益唐一度很难找到一份稳定的教职，甚至去快餐店打过工。也有人劝张益唐，凭他的数学天才，可以轻松在软件公司得到一份高薪，或者干脆去赌场，"赢的钱对半分"。张益唐拒绝了。

在这个时代，聪明的头脑大多去干别的了。但总有些人留了下来，继续做一些辛苦而没有意义的事情。

在数学家的圈子里，李殊不是一出道就光芒四射的明星，更像是一路升级打怪的偶像。她有她的野心，和不甘心。她想研究大问题，又有现实的顾虑。眼下她二十九，刚结了婚，过年回家势必要面对"什么时候要孩子"之类的问题。她其实是喜欢孩子的，同时也担心，有了孩子以后，还能不能保持研究状态，能不能继续拥有自己的时间。她感觉到了紧迫性，希望把别的事先推一推，让自己再燃烧个几年，做出一点东西来。

牵强地说，研究数学和追星有一点相似之处，两者都是纯精神领域的追求，都无法带来世俗意义上的回报，甚至以折损现实利益为代价。为了继续做研究，李殊放弃了金融、IT公司的高薪；为了追星，她花了很多钱，至今不敢告诉父母，"他们会气疯掉的"。追星和数学，在她的身上，不是硬币的两面，更像是两根绳子，彼此握紧、缠绕，结成一个更丰富、更完整、更强韧的双螺旋体。

为了这次采访，李殊陪我去了一趟久违的星梦剧场，当晚有 SNH48 组合 X 队的演出。她背着书包，排在长长的取票队伍中。粉丝大多是学生打扮，男生居多，兴奋地聊着天，谈论各自的偶像。我们寄存了包，过了安检，找到座位。普通座，离舞台有点远，但不妨碍感受气氛。台下灯光熄灭，音乐骤然增强，人群躁动起来。偶像们要登场了。

一次疫情期间的电信诈骗

孙慧吟想起那个女人的声音，三十多岁样子，语气平和，有点平翘舌不分，是她熟悉的那种南方普通话。女人说，你好，我是海南省疾病控制中心的，请问是孙慧吟女士吗？

孙慧吟5天前刚到上海，因为疫情关系，之前三个月她一直住在海口的父母家。接到疾控中心的电话，她本能地紧张起来。

根据手机记录，通话始于4月24日下午1点14分。女人自称陈专员，先是跟孙慧吟核对了一些信息，她准确地报出孙慧吟的家庭住址、身份证号以及父母的姓名。随后，她告诉孙慧吟，有个叫王红的人在网上发布虚假消息，以囤积口罩、体温枪等防疫物资之名，骗取他人钱财。陈专员说，嫌疑人王红已在上海市青浦区落网，据警方调查，有216万的赃款汇入了您名下的一张建设银行卡。

慧吟着急了，她连忙否认，说自己从来不认识这个人，也没有建设银行的卡，是不是搞错了？

陈专员让她先不要激动——我再问您几个问题，孙女士，过去的几年，您有没有丢失过身份证？

慧吟说，没有。

陈专员接着问，您有没有在一些场合提供过您的身份证或者复印件？

慧吟回忆了一下，这个可以有。之前申请信用卡，办理手机套餐，包括登记结婚，都用到身份证复印件。

那您有没有在复印件上注明，此件仅限办理某次业务使用？

慧吟迟疑地说，好像……没有。

孙女士，您这样子是不行的，陈专员痛心疾首，这些复印件如果落到了不法分子手中，会给您本人，以及社会带来多大的危害，您想过吗？

慧吟蒙了。

那孙女士，我跟您讲，如果您真的没有做过这起口罩诈骗，就需要立即向青浦公安局说清楚。不然，您就是重大嫌疑人，警方将启动批捕程序。

慧吟耳边嗡的一声，大脑一片空白。

您知道怎样联系青浦公安吗？陈专员说，或者，我可以帮您转过去，直接连到报案专线。

下午2点58分，宋诚接到电话。当时他正在办公室，戴着蓝牙耳机，对着一屏幕的数据发愁。宋诚是咨询公司的业务经理，一天要接无数个电话。对方自称公安局经侦总队，来电是向他提醒，根据大数据监测和重点词频分析，他的妻子孙慧吟很可能接到了诈骗电话。

挂了电话，宋诚赶紧给慧吟打过去，语音提示"暂时无法接通"。连打三四次，都是如此。他发起微信视频，又在QQ、淘宝旺旺上留言。慧吟像消失了一样，无声无息。

宋诚冷汗流下来。

慧吟从设计公司辞职后，在家打理她的淘宝店。每天一睁眼，就是做不完的表格和答复不完的客户留言。从选货、上新、发货、售后，到直播、代理、参加平台促销，样样要操心。她时常觉得心力交瘁，一个人偷偷地哭，哭完了，继续干活。渐渐地，店铺有了起色。她和宋诚去年领了结婚证，两人计划着，等今年多赚一点钱，就去找个海岛酒店，办一场真正属于自己的婚礼。

手机响了，宋诚接起来一听，是慧吟的弟弟阿福，他也接到了预警。阿福的声音听着十分焦虑，姐夫，现在怎么都联系不上我姐，我爸妈快急疯了。宋诚对阿福说，这件事交给我来处理，你相信我，我一定把你姐带回来。你安抚好爸爸妈妈就行。

"上海市公安局青浦分局报案专线，电话接通中请稍候。"随后中年男子的声音响起，青浦公安，你好。

男子说，我姓杨，叫我杨警官好了。慧吟把刚才电话里的事一五一十说了，讲到一半，慧吟像想到了什么，她迟疑着说，应该没有错吧,你们不会是骗人的吧?

杨警官和蔼地说,孙女士,你说骗人的,是什么意思?

慧吟:我担心……我担心被骗了。

杨警官:孙女士,这个电话是你拨到我们公安局的报案专线,没错吧,怎么说被骗了呢?

慧吟快要哭了:对不起,对不起……我现在很紧张……我怎么会被牵扯进这样的事情……

杨警官:孙女士,你先别着急。我这边有收到海南省疾控中心发来的公文,我核查了一下,你的确是我们公安局要找的人。请你带上身份证,今天下午四点之前,来一趟青浦区公安局,我们做一个笔录。

慧吟:可,可是,我没去过青浦,不知道公安局在哪里。

杨警官:我这里给你提供一个地址,你记一下,青浦区城中北路485号。你看,什么时候可以到?

慧吟:哦对了,想问一下,我19号回的上海,需不需要居家隔离14天?

杨警官:……不用了,直接过来就好。你什么时候到?

慧吟:现在是……1点53分,我打车过来,3点半左右吧。

杨警官(严厉地):你确定吗?确定的话,我就要打一个书面的报告。

慧吟:这个,呃,不堵车的话……

杨警官:如果3点半之前不确定能赶到,那我也可以给你行个方便,我们先做一个语音笔录。孙女士,你觉得可以吗?

慧吟:可以,可以的。

杨警官:你能不能全力配合?

慧吟:没问题。

杨警官:那待会在笔录的过程中,不能被打断,也不能有任何嘈杂的声音,可以做到吗?

慧吟:可以的。

杨警官:你刚才说居家隔离,你是在家里吗?

慧吟:对,我在家里。

杨警官:家里还有什么人?

慧吟:就我一个人在家里头。

在杨警官的指示下,慧吟登录了手机QQ,验证通过好友,对方的QQ名是"上海市青浦公安局"。接着,杨警官发来了自己的警官证。

杨警官:孙慧吟女士,你现在清不清楚,你正在配合哪个单位,哪个警官办案?

慧吟:清楚的。

接下来,杨警官以"电磁信号干扰"为由,指示慧吟关闭了手机的通知和定位功能,并设置了来电呼叫转移,这期间所有的来电,都将转到一个"公安局专门的语音信箱"。

杨警官:孙女士,你现在跟我通话用的是公安局的报案系统,不能占线太久。你听好,等下电话挂断后,你的手机不要外拨，不要占线，有电话进来也不要接，以免警方联系不到你。我会到侦讯室，通过QQ语音通话的方式，帮助你完成笔录制作。你清不清楚？

慧吟：清楚了。

杨警官：通话期间，需要把除QQ之外的所有软件都关闭，手机屏幕保持黑屏，以免对通话质量产生影响。你清楚了吗？

慧吟：清楚了。

杨警官：还有，从现在起，你对手机进行的任何操作，都要先向我汇报，得到我的允许才可以。

宋诚飞奔出办公室，拦住一辆的士，直奔张江的家里。"诈骗""拐卖""暗网"之类的词闪过脑际，他从未感觉到心脏如此猛烈地跳动，随时要蹦出胸腔。

眼前浮现出慧吟的样子：受了委屈的表情；迷糊时的表情，像一只刚睡醒的猫咪；看到美食时惊喜的表情，而所谓的美食，可能不过是一盒酸奶，或者一小包薯片。宋诚狠狠地发誓，以后一定要对慧吟好，什么都听她的，如果还有以后……呸呸，什么话！他抽了自己一巴掌。

她叫他大橙子，他叫她小吟吟。追她的时候，他往她的宿舍寄整箱整箱的香蕉牛奶，随后是整夜整夜的短信和电话。刚在一起时，两个人没什么钱，难得出去吃顿涮羊肉，慧吟高兴得跟过年似的。其实她不怎么爱吃羊肉，羊肉是宋诚喜欢的。想到这里，宋诚心里一阵难过。慧吟有时会犯一些小迷糊，不过态度很好，虚心接受，屡教不改。有一次，因为记错了客户地址，赔了一笔不小的钱。宋诚吼了她，她像被抓了现行的小学生，低着头，不说话，泪珠无声地滚落下来。宋诚不敢再想，一想心就会疼。不是形容，而是那种真正的、生理性的疼痛。他俯下身，干呕起来。

车停在楼下，宋诚看了一眼手机，下午3点26分。他下车，发现腿是软的，几乎挪不动步子。此刻，宋诚唯一的心愿，就是推开家门，看见慧吟正在睡觉（她有时会午睡），什么事都没发生。他一定扑过去，一把抱住她，怎么都不撒手。

宋诚掏出钥匙，哆哆嗦嗦地打开房门。家里一片狼藉，各种证件、卡片丢了一地。慧吟不见了。

杨警官：你平时和谁一起住？

慧吟：和我的先生。

杨警官：你先生什么时候回家？

慧吟：五点半左右。

杨警官又询问了一些别的问题，随后说，我要提醒一句，你现在在家里，其实也不安全。这个案件牵扯到太多人，杨警官压低了声音，我们公安局里可能也有内鬼，他们应该已经查到了你的住址，说不定正在过来的路上。

慧吟紧张起来，心怦怦直跳。

杨警官：你想一想，家附近有什么小旅馆，或者足浴、按摩之类的地方？

慧吟：不知道，我从来不去这些地方的，我只知道这附近有一个四星级酒店。

杨警官：不能去酒店，你去酒店登记，他们一样能查到。

慧吟（哭腔）：啊，那我怎么办？

杨警官：不要慌，再想想，有没有什么人少一点、安静一点的地方？不能离家太近。

慧吟：有一个街心公园，打车过去的话，大概十几分钟吧。

杨警官：好，你现在带上所有的银行卡、手机、耳机、充电宝，去那个公园。

慧吟：我没有充电宝。

杨警官：手机还剩下多少电量？

慧吟：百分之四十几。

杨警官：那不行，得去买一个充电宝。

慧吟：公园边上有商场，我去租一个行吗？

杨警官：可以。

慧吟翻箱倒柜，到处找银行卡，折腾了好一阵，总算找齐了东西。她急急忙忙穿上鞋，出门了。

宋诚瘫坐在地上。他觉得自己喘不过气来，像被谁勒紧了脖子。

报警。110让他留在原地,马上派人过来。

宋诚深呼吸几次,强迫自己冷静下来。他站起来,开始检查房间。门锁完好无损,也没有外人进入过的痕迹。他在桌上找到一张卡片,前几天他过生日,慧吟给他订了一个蛋糕,卡片是附在蛋糕盒里的,上面印着"做浦东最靓的"。因为少印一个"仔",老板后来又送了两块慕斯。卡片上的字歪歪扭扭,是慧吟的笔迹:海南疾控中心,上海青浦公安局专案组,上海市青浦支行,尾号2184,王红口罩炸(诈)骗案……底下是两个地址:宜山路128号,城中北路485号。

宋诚赶紧搜索,城中北路那个是青浦公安分局的地址,宜山路的怎么也查不到。宋诚打给徐汇区的朋友,请他去那个地址看看,立刻就去,事情紧急,无论如何拜托了。朋友答应下来。

随后他去上了个厕所,尿到一半时,电话响了。宋诚着急接电话,直接提了裤子,结果尿湿了一大片。

警察到了。

他穿着湿答答的裤子去开门,两位民警走了进来,年轻一点的那个像闻到了空气中的异味,一低头看见宋诚的裤子,用力忍住了笑。

在杨警官的许可下,慧吟解锁了手机屏幕,用"高德打车"叫了一辆车。司机说,天气不错,小姑娘出去玩啊。慧吟应了一句,耳机里传来杨警官严肃的声音——不要跟人聊天,以免泄露案情。

到了地方,慧吟先去商场租了一个充电宝,随后步行至附近的街心公园。按照杨警官的指示,慧吟找了一个偏僻的角落,坐在一棵大树下。杨警官反复确认,周围是否安全,离你最近的人有几米,讲话别人能不能听到,弄得慧吟愈发紧张。

一片树叶落到脚边,慧吟走神了,啊,原来上海是春天落叶的。

杨警官说,为了确保慧吟的财产安全,她需要告知所有的银行卡信息,包括开户行、尾号、余额。慧吟老实地汇报——这张是工行的,很久不用,里头顶多还剩下两三块钱;那一张是农行的,可能还有十几块……

总共六张卡,加起来不到50块。

杨警官很有涵养,始终耐心地听着。

杨警官:那么孙女士,你们的资产都保管在哪里呢?

慧吟:股票里有一点,大多数在支付宝。

电话那头响起"咚咚"的敲门声,一个男人走了进来。他问杨警官,你在跟王红口罩诈骗案的当事人联系吗?

杨警官:是的,王警官。

王警官:当事人报案联系,为什么不立刻向我上报?你不知道这个案子是我负责的吗?你想越级处理此事吗?

杨警官:不是的……

王警官:你回去写一封检查,晚饭前给我。这里由我来接管。

杨警官：是，王警官。

杨警官对慧吟说，孙女士，接下来的笔录，就由我的上司，专案组的组长王警官来接手。

年长一点的民警询问宋诚，现在什么情况？

宋诚说，我老婆不知去哪了，联系不到她。

民警说，看样子，已经被洗脑了。钱转出去了吗？

宋诚说，不知道。

民警说，你赶紧说一下她的账户，我们让银行方面冻结掉。

宋诚苦笑说，她有几张卡，什么银行，卡号多少，我一点都不知道……我不管这个事。

年轻一点的民警看看他，呦，小夫妻关系这么好……那你报一下她的身份证号，我们让人去查。

宋诚说，钱不重要，我只要人回来。能调小区的监控吗？

年轻的民警说，已经去调了，需要一点时间，你不要着急。

宋诚问，根据经验，你们觉得，我老婆会去哪里？

年长的民警说，骗子的洗脑和操控过程会长达几个小时，甚至几天，所以通常会要求被害人去一个不那么好找的地方，以避开警方的侦查。

宋诚说，人最后都能回来吧？

年长的民警说，一般都能回来，不过也有个别情况，钱汇过去了，人醒悟过来，一时接受不了，想不开寻了短见。

宋诚说，我俩没什么钱，应该不至于。

年轻的民警说，网贷知道不？信用套现知道不？你不知道没关系，骗子门清。先骗走现金，接下来，就是控制受害人，一步步去网上借钱、借高利贷，利息多高都没关系，有多少贷多少，俗称杀猪盘。

宋诚说，啥叫杀猪盘？

年轻的民警说，就是像杀掉一头猪一样，猪皮、猪血、内脏、猪尾巴……能卖的都拿去卖，最大限度地压榨，不留下一点东西，不管人家以后怎么活。

王警官问，你知道你涉及的口罩诈骗案，是个什么性质的案子吗？

慧吟支支吾吾地回答：我觉得……这个案子……是蛮恶劣的……

王警官大声打断了她，此案涉及极广，影响极坏，你知道，有多少人因此妻离子散、家破人亡吗？

慧吟出离了一下，隐约觉得，这句话好像在哪里听过。

王警官很生气，你知道吗，那天局里有事，我晚下班一个多小时，结果，我的邻居就跳楼自杀了（一字一顿）。等我赶到现场，他的母亲已经哭晕了过去。原来，她儿子也是口罩诈骗案的受害者（音调陡然升高）！白发人送黑发人啊（悲愤地）！你知道吗，他跟你一般大，也是25岁，还没有好好感受生活的美好，就这样没了（沉痛地）。我暗暗下定决心，一定要找到这个案子的幕后黑手（音调拔高），将他绳之以法（拍桌子），以告慰死者的在天之灵！

慧吟觉得不太舒服，相比之下，她更愿意接受杨警官的文质彬彬。王警官一上来就声色俱厉，仿佛认定她犯了罪，甚至是"幕后黑手"。慧吟小心地辩解，她没骗过人，也没做错任何事，就是可能不小心弄丢了身份证复印件。王警官咆哮道，不小心？那我今天把枪弄丢了，也是不小心吗？!

慧吟又出离了。有时宋诚控制不住脾气，冲她大吼大叫，她会不自觉地走神，像启动了某个自我保护程序，魂灵便如同出了窍一般，看不见眼前的人，也听不见任何的声音。直到宋诚平静下来，主动来道歉，嬉皮笑脸地请求她的原谅。

慧吟回过神，发觉自己正在剥手里的落叶，把叶子梗一根根地剥下来，码放得整整齐齐，像小时候玩的过家家。王警官厉声问道，我说的话，你在听吗？

慧吟赶紧放下叶子，说，在听在听。

宋诚思考一个问题：既然所有的人都联系不到慧吟，那么，骗子是怎样跟她联系的？

最坏的情况，是慧吟被绑架了。年轻的民警否认了这种可能，他认为，这种电信诈骗案，骗子一般都躲在国外，不太可能现身。

还有就是电话占线，可是，打过去的提示音并不是"正在通话中"，而是"暂时无法接通"。

宋诚心念一动，拨通了电信运营商的服务热线。客服告诉他，慧吟的号码启动了呼叫转移。

宋诚的心底燃起一丝希望，他请求对方取消呼叫转移。客服礼貌地回答，对不起宋先生，只有机主本人才能进行操作，我这边无法验证您与机主的关系……

宋诚吼道，她是我老婆啊，她现在被骗子骗，我找不到她……

无论宋诚怎样怒吼、哀求或是威胁，客服始终坚持按照规章办事，除非收到立案书与警方的书面协助要求，否则爱莫能助。

此前，两位民警告诉宋诚，暂时无法立案。电信诈骗的立案标准，必须是诈骗行为已经发生，且损失财物在三千元以上；同样，此刻也够不上人口失踪或者拐卖妇女的立案标准。

宋诚流下了眼泪。他像一条鱼那样张着嘴，精疲力竭，再也说不出什么。

他挂掉了电话。

王警官说，孙慧吟女士，为了保障你的财产安全，你现有的银行卡及网络账户，都必须在我们的公安系统进行注册，届时需要你填写账户名和密码，你清楚了吗？

慧吟说，清楚了。

王警官说，好，现在按照我说的操作，先打开手机，打开一个××浏览器，登录公安系统，我会把网址报给你。

慧吟说，好的，可是，为什么要用××浏览器？

王警官说，别的浏览器都不安全，会有病毒，这款浏览器是和我们公安部门合作的，能保证你的信息安全。

可是，这偏偏是慧吟最不喜欢的浏览器，以前读大学时用过，老是会跳出广告和一些软色情信息。慧吟想不明白，为什么必须要用这个浏览器。对啊，一个警察，为什么一定要你用一款你不喜欢的浏览器呢？

慧吟说，警官，我找不到××浏览器了。

王警官不耐烦地说，那就赶紧去下载一个。

慧吟说，我试过了，系统显示已安装，可能本来就有的，我再找找看。

她左右滑动屏幕，无意中触碰到了一侧的开关键。屏幕提示，是否要关机。下面是两个按键，绿色的"是"，红色的"否"。

慧吟深吸一口气，点了"是"。

耳机里安静了。她听见了现实世界的声音，小孩子的嬉闹，老人们的聊天，以及风吹树叶的沙沙声。她一下子清醒了。

慧吟站起来，拔足狂奔，差点撞上一个背双肩包的男人。她对男人说，对不起对不起，能不能借你的手机报个警，我可能被假公安盯上了。

男人看了看她,把手机递过去,说,小姑娘你尽管用,我以前当过兵,看谁敢来碰你。

警察赶到了。一个女警察对慧吟说,没关系,我们都在,现在你可以放心地开机了。

屏幕亮起,信息一条接一条地涌出来,叮叮咚咚响个不停。还没来得及细看,"青浦公安"请求通话。

警察接通了电话,刚说了句,你好,那边就挂断了。

手机又响,来电显示:大橙子。

一条短信跳了出来,本月流量剩余××……

这样的提示信息,宋诚平时绝不会多看一眼,此刻,像被闪电击中,宋诚猛然想起,他和慧吟去年办理过一个手机家庭套餐,他是主号,慧吟是副号。宋诚每个月的话费要300多,慧吟也要接近200,套餐封顶299,很划得来。慧吟不太乐意,她不喜欢当副号,也不喜欢被捆绑,结果被宋诚连哄带骗去了营业厅,一路上还哼哼唧唧的。

怀着"万一有用呢"的心理,宋诚再次拨打了运营商的热线,对客服提出"关闭副号呼叫转移"的要求。对方说,宋先生,请输入您的身份证号码,以#结束。

宋诚输入,按#。

对方说,请输入您的手机验证码,以#结束。

宋诚输入,按#。

电话那头是短暂的沉默。终于,对方说,宋先生,您要求的业务已办理成功。

宋诚的手颤抖着,按下了慧吟的号码。

铃声只响了一下,那个熟悉的声音,大橙子。他叫,小吟吟,你在哪?电话那头哇的一声哭了。

通话时间显示:5点32分。

宋诚边跑边喊,你别动,你哪也别去,我这就来找你,你等我。

去公园的车上,朋友打来电话。朋友说,宜山路根本没128号,真的,我都开车兜了好几个圈子了。

宋诚说,没事,谢谢哥们,先挂了。

慧吟远远看见了宋诚,她跳起来,用力地挥手。宋诚以百米冲刺的姿态冲了过去,一把抱住慧吟,号啕大哭起来。

他抱得那么紧,以至于慧吟必须推开一点,才能呼吸一口气。她捋着宋诚的头发,轻声说,好了好了,没事了,我不是好好的吗?

宋诚嗯了一声,没撒手。他知道自己哭得很大声,知道有很多人在看。正是下班高峰,人们远远地驻足,围观一个近两百斤的胖子的崩溃。一个家长捂住了孩子的眼睛。宋诚不管,他什么都不管了,他的眼泪和鼻涕浸透了口罩,他哭得像个摔疼的孩子。

尾声

跟各自的爸妈打过电话，请他们放心，请小弟阿福放心，接下来的事情，是去警局做一个记录。宋诚觉得骨头散了，走路虚飘飘的，像梦游一样。从警局出来，还得再去一趟宋诚的公司，他的笔记本电脑一直没合上过。

处理完这些事，两人叫了车，去慧吟喜欢的一家茶餐厅。慧吟拿起菜单，这个也好吃，那个也好吃，一副没心没肺的样子，像刚春游回来一样。宋诚服气，到底慧吟心理素质好，他可是什么都吃不下了。

点了半只脆皮鸡，一份炒牛河（慧吟的最爱），一份咸牛肉蛋治（宋诚的往日必点），外加三碗米饭。慧吟特别爱吃这家餐厅的米饭，每次至少能干掉两碗。等上菜的时候，宋诚跟朋友打了个电话，讲了下午的事情，如何虚惊一场，如何失而复得。朋友问，你叫我去的那个宜山路128号，到底是个什么地方？

唉，宋诚忧伤地笑了，没这个地方，骗子不知哪来的资料，问慧吟有没有在宜山路126号住过……她随手记下来，结果还记错了。

夜深了，慧吟早已进入了梦乡，发出轻微的鼾声。宋诚怎么都睡不着，他戴上耳机，听慧吟的手机录音。说这个姑娘傻吧，还知道多个心眼，录下了通话的全过程。宋诚猛地坐起来，他走到窗前，把耳机音量调到最大。他听见了嗡嗡的背景声，仔细听，有许多人在讲话，像一个大型热线中心，一通通电话正源源不断地被拨打出去。

给孩子的礼物

一个小孩对老赵说，带他去看一个地方。老赵跟着小孩，走到小区边上，看见围栏缺了一个口子。小孩说，可以钻出去玩。老赵想，这是孩子通往自由的密道，成年人无法穿行。

2022年4月1日起，小区停止出入，老赵备了两周的菜。封控前，他给一个朋友打电话，朋友住在闵行，居家已有半月。老赵说："需要啥物资不，我今天还出得来。"朋友蛮客气，说不用了，谢谢。过了一会，朋友打电话来，挺不好意思地说，要是方便，能不能送几个汉堡？大人是没啥，孩子关久了，就想吃这个。

老赵有一双女儿，大的9岁，小的4岁。老赵开公司，忙起来不顾家。听到封控的消息，老赵想的是，正好休息几天，陪陪女儿们。头一晚，老赵睡了十小时。起床，习惯性拉开院门，这才反应过来，事情不一样了。

对许多上海人来说，这是一种完全陌生的感觉。高速运转的巨型城市，像一夜之间失去惯性，说停就停了。

这里是西郊一个典型的中产阶层社区，环境优美，交通便利，配套优质的教育与医疗资源。当然，房价不菲。平日里，一到黄昏，孩子们都出来玩。玩滑板的玩滑板，骑单车的骑单车，小一点的就跟在哥哥姐姐后面疯跑。绿地中间有一棵大桂花树，长得枝繁叶茂，是游戏的集合地点。

几日后，小区通报出现阳性，封控时间一再拉长。每一天都是从做核酸的喇叭声开始的。夜里，老赵坐在沙发上，一遍遍刷核酸结果。偶尔出现延迟，或是邻居先出了报告，老赵就开始紧张。有一次，老赵迷迷糊糊睡着了，半夜醒来，下意识摸手机，看见"阴性"两个字，又睡过去。第二天回想起来，感觉像做梦一样。

公司业务全面停摆，各种环节需要老赵出面处理。客户、供应商、合作伙伴那边，老赵一个个去打招呼，赔笑脸。手机打到发烫，连着充电线继续打。几天下来，老赵长白头发了。

即使再焦虑，当着孩子的面，老赵还是尽量表现得乐观。他和妻子小心翼翼，努力保持微笑，从不在饭桌上谈论疫情和封控。孩子的眼睛还是洞察了一切。有一次，老赵跟女儿们坐在院子里玩扑克，大女儿偷藏了几张牌，小女儿发现了，嚷嚷着要"大白"来把姐姐抓走。老赵的笑容僵住了。

有朋友的前车之鉴，老赵囤的物资不算少。时间长了，也显出捉襟见肘。酱油是最早结束的,老赵拿手的红烧肉,只好改成盐烧肉。零食也快吃完了。那天,小女儿把她那份坚果分成几小堆,说这些今天吃,那些明天吃,剩下的留到后天。后天我们能出去了吧,小女儿问。老赵一阵心酸。

老赵家后院对着老吴前门,两人打网球认识,因性格投缘成为好友。老吴也有两个孩子,哥哥 Ben 比妹妹 Anna 早出生一分钟。老吴年轻时同妻子小桉来上海创业。在他们眼中,上海是个有规则、有秩序、能让普通人实现梦想的地方。多年努力,公司一步步壮大。去年公司调整了架构,设置了目标,正打算卷袖子干一场,迎头撞上疫情。

小桉说,老吴是个情绪非常稳定的人,遭遇突如其来的困难,该吃饭吃饭,该睡觉睡觉。老赵一看,人家公司损失更大,还整天乐呵呵的。再想想自己,好像这个事,就没那么难过。

一个偶然的机会,思佳联系到一批新鲜蔬菜,从此晋升为"团长"。小区先后有过十个团长,全是女性。先是团蔬菜、大米,然后是牛奶、鸡蛋和大排,再接下来,有了老赵心心念念的红烧酱油。老赵感慨,民以食为天,小区这个天是女人撑起来的。

思佳有三个女儿,姐姐 Cindy 14 岁,个头比思佳还高,最小的 Vivian 还抱在手里。思佳说,知道吧,我以前是那种为了工作,一天可以只睡两小时的人。后来结婚,生孩子,生孩子,生孩子,睁眼就是奶瓶和尿布,"你懂这种感觉吧?"这次当团长,多少让她找回一些职场的感觉。168元一箱的蔬菜,思佳提议,每箱多收3块钱,多买一些给门卫师傅和"大白"。大家都赞同。往后,这成了小区不成文的规定。

在家里,小桉下厨做饭,老吴负责洗菜配菜。老吴自吹,已达到中级配菜师水准。两人说说笑笑。这是自创业以来,很久不曾有的场景。有次赶巧了,团购的韭菜前脚到,后脚朋友又送来两包韭菜。小桉就很焦虑,冰箱塞不下了,天已经热起来,不见得眼看着珍贵的食材坏掉。最后她决定,包成韭菜饺子,分给邻居们。老吴陪着她,一起包到半夜。

小桉跟着网上教程学做烘焙,开始时送三四家好友,后来越做越多。反过来,要是哪天自己懒得做饭了,也会突然收到许多美食,像约定好了一样。东家的饺子,西家的咖喱,下午茶的点心也不会少。这一年的春天,就在居家、柴米油盐、彼此的人情扶持中过去了。

自家吃饭问题解决了,老赵老吴盘算着,给员工也送些东西。辗转找到货源,蔬菜、鸡蛋和大米堆在院子里,两位老板亲自装箱,打封箱带。纸箱也是东拼西凑找来的。若有员工事后交流,会发现,每家收到的物资不一样。东家是花菜和鸡蛋,西家可能是牛奶加番茄附带一把葱。这是尽量协调的结果。小桉负责统计信息,设计送货路线,全程跟踪,处理突发事件。一早,卡车开进小区。直到凌晨两点,才把六十份物资全部送完。

茉小姐接到疾控中心的电话,说她的核酸样本有问题。对方说，将安排茉小姐去方舱隔离。当晚，茉小姐的家门贴上了封条。

那是茉小姐不堪回首的一段日子。她觉得自己拖累了这个家，躲在房间里哭，先生冲进来，用力拥抱她。茉小姐戴上口罩，想跟先生和孩子们保持距离，他们却嘻嘻哈哈的，丝毫没有要避开的意思。晚上，先生坚持跟茉小姐睡一张床。她懂的，先生的态度，就是同生共死。

他们召开了一次家庭会议，5岁的小儿子也列席参加。孩子们的意见是统一的：方舱也好，隔离酒店也好，都没有关系，爸爸妈妈在哪里，他们就在哪里。会后，先生拿出推子和剪刀，让茉小姐给他剪短头发，接着再给两个孩子理发。先生心思缜密，万一隔离的地方不能洗澡，短发会方便些。

奇怪的是，先生和孩子们的核酸全是阴性。茉小姐自己又做了几次抗原，都没问题。这让她心怀一丝侥幸，会不会弄错了？

先生一遍遍打电话，申请核酸复测。先生的语气坚定：复测之前，妻子哪都不会去。

复测人员迟迟不来。这期间，上海日增病例突破了两万。有人形容当时的心情，像"挨了一记闷棍"。

让茉小姐感到欣慰的是，当她"阳"的消息传开，整个小区，没有一个人催她走。大家的反应都是：不要害怕，不要着急，会好的，没事的。另外就是：一定要争取复测。茉小姐整理拉杆箱，发现缺少一支牙膏。消息发在群里，有邻居往她院子里扔了一支新牙膏。

茉小姐去年搬来这个小区,她家在底楼,楼上住着一对老夫妻,八十多岁的样子。两家人之前没怎么说过话。那天,窗前吊下一个花篮,里面放了一瓶植物精油。还有一封信,是那位老太太写的。

亲爱的邻居,你好:

得知你核酸异常,我感到非常的遗憾。不过,我觉得这只是个小意外而已,不用太担心和焦虑。好好休息,多喝水,做好防护和提升免疫力,相信会很快转阴的。特送上香薰一瓶,能净化空气,也有助于舒缓心情。

你的邻居:XX

复测人员终于上门,当天出具报告:阴。

茉小姐原以为自己会大哭一场,但是没有。她脱下口罩,打开窗,平生第一次觉得,呼吸是那么轻松畅快。

她学着做包子,做了很多很多,给邻居一家家送去。茉小姐说,好吃不好吃都要送,是一个心意。

四月是茉小姐的四十岁生日。之前她想过各种庆祝方式,先生也开玩笑,说要去乡下摆流水席。谁都不曾想,真到了生日那天,连个蛋糕也没有。但这的确是茉小姐最好的一个生日。她在家里，和爱的人一起，这就足够了。

茉小姐蛮佩服先生的一点，是面对突发状况，保持了一颗平常心。大人镇定，孩子就不会慌乱。等孩子们长大，再回过头看，他们会认识到，不管多大的事情，都会过去。

三月中旬，Ben 和 Anna 的学校出现密接。再过一周，几乎所有的中小学都改为网课。孩子天然对电子产品充满好奇，网课时偷偷玩游戏，或者开一个对话框，跟好友聊天。老赵发现女儿 Eille 上课开小差，以及缺交几天的作业，他大为光火，狠狠教训了一顿。事后他有些后悔，成年人无力时，尚可以瘫倒玩手机，何必苛责一个孩子呢。

小桉担心的，是孩子会习惯这一切。一个七八岁的小孩，懂事后的一半时间在疫情中度过，他可能会觉得，封控、核酸、消毒……都是再正常不过的事情。人与人之间隔一层口罩，世界辽阔，却咫尺千里。等一切恢复正常，或许有的孩子就不愿再出门了。小桉希望，暑假可以自由出行，她想带孩子去远一点的地方，感受真正的山风和夕阳。

反过来，疫情也是重要的一课。家长用行动告诉孩子，即使身处逆境，也可以通过学习和努力，让自己变得更好。老吴恢复了俯卧撑，小桉学到不少新菜。Ben 看了十本原版书，每一本都有新华字典那么厚。Anna 练了不少新曲子。这让小桉感到欣慰。

Ben 和 Anna 都是五年级，学校惯例，毕业前组织三天两夜的野营。大家期盼了很久，最后不得不取消。孩子们大概意识不到，错过了一个和伙伴们拥抱的毕业典礼，不可能再补回来。有些同学，或许以后很难再见面。老师想了个办法，让每人唱一首歌，通过技术手段拼成合唱。家长们都流泪了。

渐渐地，局面有一些松动。小区多日没有新增，之前足不出户的孩子们，戴着口罩，三三两两来草地玩耍。清晨与黄昏，出现了跑步者的身影。

老吴带着 Ben 和 Anna 在家门口运动，老赵的两个女儿也加入，后来陆续添上思佳的孩子、茉小姐的孩子……老吴充分利用理工科思维，开发出一套"铁人三项"，具体来讲，就是跑步+骑车+X。X 可以是跳绳、投篮、运球跑、折返跑……每天不重样。五岁的小糯米跑步时落在后面，大孩子跑完了，在一边喝水聊天，他还哼哧哼哧地跑。思佳劝他休息会，小糯米认真地说，还有一圈，我跑完再休息。

有个 12 岁的男孩，骑车时摔了一跤，手臂、小腿擦伤了一大片，看着都疼。男孩的妈妈在做志愿者，忙得脱不开身。小桉把他带到院子里，用清水冲洗，再消毒处理。男孩一直在笑，他的笑容也感染了小桉。小桉感慨，这就是孩子的力量吧。

老吴设计了一个游戏，取名《猫和老鼠》，大约源于八零后的共同记忆。小桉印象中的老吴，要么连着四五个小时开电话会议，要么埋头做 PPT。老吴的 idea 层出不穷，小桉甚至觉得，公司存在的意义，就是把老吴的 idea 落地成现实。如今，老吴坐在工作桌前，专心构思起游戏。他找来许多资料，写下大量文案，做成表格，设计角色和路线。初稿完成，一脸虚心地跑去征求 Ben 和 Anna 的意见。这是小桉从没见过的老吴，从灵感到设计再到实践，老吴全程投入，非常开心。他让孩子们集合，耐心地解释规则，分配角色。有孩子提出疑问，不是猫捉老鼠吗，怎么猫比老鼠还多？老吴笑而不答。一旦开玩，大家都明白了，游戏的精髓，在于"猫"通过协同合作，把"老鼠"逼到死角。而老吴本人，便是那只最狡猾的大老鼠。

小桉说，老吴平时都在想，能为客户做什么，为员工做什么，甚至是，为社会做什么，老吴有这个觉悟。现在他想的是，为孩子做些什么。

那天，几个朋友坐在老赵的院子里喝茶。一个多月来头一次，心照不宣地，大家面对面摘下了口罩。老吴抛出了那个问题。思佳想了想，说，我们来办一场孩子们的音乐会吧。

几个人迅速凑齐一份初步的演职员表：思佳的大女儿 Cindy 会弹钢琴，老赵的大女儿 Eille 学过 4 年鼓和 3 年小提琴，Ben 打电子鼓，Anna 拉小提琴。大家约定，先排练一次。地点就在这里，老赵家的院子。

老赵对 Eille 说，你去表演一下吧。Eille 说，不。噔噔噔跑掉了。老赵只好忧伤地望着她的背影。老赵是个开明的父亲，从不强迫孩子做不愿意的事。他曾建议 Eille 学钢琴，Eille 练琴时趴在键盘上睡觉，老赵便作罢。思佳胸有成竹地对老赵说，放心吧，Eille 会来的。

Ben 和一个叫阿蓝的男孩组成了旋风乐队，Ben 打鼓，阿蓝弹电吉他。他们在老吴的运动会上相识，算新朋友。阿蓝为旋风乐队选了一首特别有动感的曲子——"Rock You Like A Hurricane"（《摇滚风暴》）。

茉小姐的大儿子准备了钢琴曲《菊次郎的夏天》。茉小姐特别喜欢这支曲子，"快要夏天了嘛"。

排练那天，酷酷的 Eille 坐在栏杆上，冷眼旁观。乐声吸引了不少人驻足。小区住着一位摄影大咖，跟妻子散步经过，赶紧跑回家，搬出专业器材。排练结束，思佳拿起话筒，宣布音乐会的消息，并欢迎孩子们报名。现场响起掌声。

那天晚上，Eille 对老赵说，也想参加演出。老赵大为开心。Eille 定下两支曲目，一首是小提琴《茉莉花》——她觉得好听；一首是电子鼓"Stronger"——来自思佳的建议。

老吴想出一个主意，演出现场架一块幕布，伴随音乐，放映相关的画面。内容由 Cindy 负责。Cindy 赶在期末考前，花了两天的时间，出色地完成任务。

Anna 负责设计节目单，背景选用樱花盛开时的小区，让人想起这个失落的春天。Anna 拉小提琴，曲目是《这世界那么多人》，这让妈妈小桉有些意外。她原以为好胜的 Anna 会选一首难度更高的曲子。Anna 说，妈妈，我来拉，你来唱，好不好？小桉有些不好意思，她觉得自己并不擅长唱歌，尤其当着这么多人的面。可是女儿说,我就是希望你唱啊。女儿说,你跟我一起,我就开心了。小桉想了想,好像这辈子,与女儿同台的机会也不会太多。为了女儿这句话,她豁出去了。

那些上不了班的家长,简直把全部的热情和精力都倾注在这场音乐会上。老赵是团队核心,负责一锤定音,同时细心周到,会照顾到每一个人的感受。思佳热情,感召力强,担任音乐会的主持人。老吴自称"打辅助",在思佳看来,老吴根本不像个理工男,简直是个机器猫,没有他解决不了的问题。茉小姐提供了不少创意,艺术家 tt 负责美术指导。大家在老赵的客厅开会,热火朝天地讨论,小桉送来刚出炉的点心。在老赵看来,这是一支完美的团队,各司其职,各有所长,且高度融合。大家来自五湖四海,有缘相邻相识,如今又为了同一个目标,走到一起来了。

关于演出时间,大家商量了很久。有人提议,干脆等解封再办。老赵不赞同,到那时,音乐会的意义也许就不一样了,何况大人们将重返工作岗位,时间不能保证。最后定在儿童节前一天的晚上,思佳说,这是送给孩子们的礼物。

居委会同意了音乐会的申请,出于防疫考虑,对地点、时长提出要求。思佳网购了专业话筒、荧光棒和小国旗。报名的孩子越来越多,组委会经反复慎重考虑,敲定了最终的 24 首曲目。

演出前三个小时,老吴老赵负责布线,调试软硬件。思佳试音。一位妈妈送来几十杯自家榨的果汁。Ben、阿蓝和几个大男孩帮忙搬乐器。看着 Ben 他们忙前忙后，顾不上喝一口水，小桉说，她似乎体会到了书里写的那种，少年绽放的感觉。

晚上七点，倒计时响起。老赵的小女儿，思佳的二女儿，茉小姐的小儿子，挥动国旗和荧光棒，一同加入气氛组。思佳身着盛装，两个月来第一次穿上高跟鞋，宣布音乐会开始。

开场是 Cindy 的钢琴独奏《灯火里的中国》。接着，Eille、旋风乐队依次登场。当 Ben 的鼓点打响，有个小小姑娘，全程跟着节奏，像绝地武士挥舞光剑那样用力挥舞着荧光棒。最小的演奏者是七岁的男孩雷森，抱着比他还大的大提琴，一曲稚嫩的《上学歌》。小桉和 Anna 合作了《这世界那么多人》，赢得热烈的掌声。那一刻，小桉从心底感谢女儿，是她的有心和坚持，促成了这个弥足珍贵的时刻。

当《菊次郎的夏天》响起，大家的嘴角泛起微笑。是的，夏天来了。人们从未如此期盼夏天的到来。夏天的意思，是一切如常吧。

在妈妈们的大合唱《我和我的祖国》中，音乐会圆满落幕。

思佳说，开始想得其实很简单，无非是几个孩子，每人拉一两个曲子，大家拍拍手，结束。没想到的是，孩子们特别投入，同伴又是一群热情又认真的人。孩子没有目的性，大人没有功利性，一切自然而然又水到渠成。"或许很多年后，孩子们都还记得，我们共同度过了这样一段日子。"最后呈现的，是一个小小的温柔的奇迹。

老赵觉得,孩子是一面镜子。你若是发光,便能感受到光。整个过程中,成年人收获的友谊和快乐,一点不比孩子的少。仿佛回到了同学少年,"大家聚在一起,然后解决很多问题"。这份给孩子的礼物,到头来,也慰藉了自己。

老赵的电脑出了问题,老吴二话不说拿去,忙到后半夜才修好。思佳碰到烦心事,来找老赵咨询。聊了一下午,老赵把思路一条条理清楚了,"特别干净"。

周日的下午,是属于妈妈们的聚餐时间。每人带一份自己做的点心,厨艺不是问题,封控期间,大家的厨艺都长了。坐在院子里,说说笑笑,享受难得的轻松惬意。思佳说,如果不是这次音乐会,她们中的很多人,可能就是点头之交吧。

解封后的第二天,老吴带着 Ben 和 Anna 骑行八十公里。老赵开车去了公司,有太多的事务要处理,接下来,他将和同事们连轴转,尽力去弥补那失去的两个月。Anna 被 Cindy 姐姐的琴声打动,她认真地告诉小桉,也想学钢琴。

小桉问 Anna,要是再来一次这样的音乐会,还愿意参加吗?Anna 点点头,说,希望那时,音乐会开在"很远很远的地方",证明"我们解封了"。

六月的尾声,老赵给自己放了半天假。他带上妻子、两个女儿,开车去了淀山湖。他曾路过这里,被辽远的水域吸引。过去两个月,这片湖水不止一次地出现在他的脑海中。高速路口不通，老赵只得另外绕路。一番折腾之后，还是找到了。一片宁静的蓝色大湖。老赵站在岸边，贪婪地呼吸清新的空气，好像那是自由的味道。

少年下落不明

阿祥推开酒杯，问，X怎么没来？

几个人面面相觑。是啊，怎么忘了还有这么个人。感觉上，他已经消失很久了。

尤面筋小声说，X好像是生病了。尤面筋在小镇医院当护士，她说曾见过X来检查，不知道是什么病，好像有点麻烦。后来X没再来小镇医院，尤面筋也就没见过他。

我想起一些往事。X是我们年级的风云人物，当然，属于那种反面的典型。X旷课、抽烟、打架，门门功课不及格。老师也不管他，让他一个人坐在最后一排。男生风传，X是混江湖的，X对此不置可否。那时候，江湖不是贬义词，江湖意味着义气、热血、轰轰烈烈的生活，也意味着台球厅、摩托车、后座上露大腿的女人。有一阵，每天放学后都有几个社会青年在校门口等X，男的女的都有，他们歪在摩托车上，见面嬉笑一番，骂几句脏话。X书包一甩，坐上摩托，绝尘而去。

初三没毕业，X从校园消失了，听说他去了县城的"青龙帮"。起初几年，还能听到一些关于他的传言——如何一战打出名声；如何出面摆平一场械斗；如何跻身"青龙帮"四大金刚；如何搞了老大的女人，结果被打得死去活来；如何拖着一条伤腿，远走他乡。再后来，"青龙帮"被一网打尽，几个头目都被判了刑。往后的日子里，渐渐没了X的音讯。

阿祥说，王芋艿，你不是前两年跟X混过吗，你怎么会不知道？

王芋艿说，瞎讲八讲，我哪跟他混了，我也是碰巧在老街遇到X，他说自己刚从广东回来，他爹中风在床，没人照顾。

我想起那个中年人来，粮机厂的劳动模范，小镇工人阶级力量的代表，唯一滔滔不绝的时候是在酒后，优点是只砸东西，不打人。每个月总有那么几次，酒馆伙计找到家里，X再去把他爹架回来。X那时比他爹矮一个头，像纤夫一样斜着身子，他爹的两条腿拖在后面，像一头被打倒的熊。

那后来呢？我问王芋艿。

王芋艿挠头皮，后来么，我只知道他有段时间在台资厂的电镀车间干活。后来，后来有一次，大概是两年前吧，王芋艿说，我约了张毛豆、阿祥几个人一道吃老酒，我打电话给X，叫他一起来，你知道他说啥？

说啥？

他说，他现在工资也不高，花个三百五百见同学，不划算，不来了。你讲讲看,阿有这样说话的,王芋艿气鼓鼓地说,要么你就找个借口,出差啊,家里来亲戚啊,身体不舒服啊,怎么都行,要不要这样说的。

大实话嘛,我忍不住笑出来。

我对他讲,你不要在意那三五百了,我帮你出,你来就是。他说,操你妈,他在电话里要操我妈,然后就挂掉了。你说这个人,阿是(是不是),啊?王芋艿气不打一处来。

我拍拍王芋艿。

后来嘛,我们就不带他混了,都这么讲了,还混什么混,王芋艿说,不过,我老婆认识他老婆,她们或许还有联系,你要是想见X,我现在帮你问。

有件事王芋艿不知道。那是初二的一个下午,我踢完一场球,看见X一个人坐在看台上抽烟。过了一会,他的头深深埋了下去,肩膀剧烈地抽搐。我犹豫了一下,走到X身边。他抬起头,满脸的泪水。

他说,我娘不要我了。

我看见他用夹着烟的手捂着嘴,无声地颤抖。我伸出手,放在他的肩头。

小镇没多少秘密,我听我爹讲过,X的父母在闹离婚。我当时不知道的是,X想跟着他娘过,他娘拒绝了。

X抹了抹眼睛,对我笑笑说,你走吧,别让班主任看见你跟我在一起。

聚会的第二天,我接到一个女人的电话,女人说,喂,阿是路老师?我说是,你哪位?女人用普通话说,我是X的老婆。声音有点沙。我说,你好。女人说,我知道你,X跟我说起过。我说,我们好多年没见了,X在吗?女人犹豫了一下,说,他现在不方便跟你说话。我说,哦。女人沉默了一会,说,要不我们出来讲吧,我不想在电话里说这件事。

我们约在小镇一家名叫托斯卡纳的咖啡馆。大门口的招牌显示,除了咖啡,这里还供应意大利面、三明治和牛蛙饭,以及各类商务套餐。店里没几个人,大概是刚装修不久,一股甲醛的味道。她已经坐在那里了。我走过去,说,你好。她欠了欠身。我坐下。她是个消瘦的女人,皮肤偏黑,扎一个马尾巴,坐着看不出身高,但显然不太高。她看着我说,知道我为啥愿意出来见你吗?我说不知道。她说,昨天王芊芳老婆打电话来,说你在找X,她顿了顿,刚好,昨天是他的断七。

我说,我猜到了,这是最坏的可能,你节哀。她说,你抽烟吗?我说不抽,她从包里掏出烟盒,点上一支,自顾自抽起来。抽了几口,女人摁掉烟头,说,你有空听吗?我说,我不赶时间,慢慢讲。女人说,我和他是在厂里认识的,我在喷漆车间,他在电镀车间,都是操作工。我说,台资厂,听说了。她说,厂里的工人,除了几个老头子,没什么本地人。本地人不愿干这个活。有一次,经理欺负我们几个外地小姑娘,他去找人家理论,三句两句把人家吓住了,乖乖给我们赔了礼道了歉。我这才知道，他是本地的，听说以前混过黑道，有点名气。我点点头。她接着说，你知道，来这里打工的小姑娘，有的很单纯，有的很实际，就想找个本地男人嫁。本地人嘛，多少有点积蓄，运气好点，碰上拆迁，四五套房子拿在手里，住一套，租出去几套，也不用上班了，日子不要太好过，阿是？我说是的。她说，我就找机会跟他说话，时间一长么好上了，谁知道他家里那么穷，女人苦笑，钱都给他爸看病了，看么看不好。我第一次去他家里吃饭，吓了一跳，那个楼快倒了，走道里堆满垃圾，廊灯是坏的。他家里倒蛮干净，就是没一件新东西。我数了数，家用电器有一只电饭煲，一台收音机，和他爸床前的一个老式电视机。

我说，那你还嫁给他？

啊呀，后悔来不及了呀，女人的脸生动了一些，我想嘛，两个人都赚钱，熬一熬，日子总会好过起来。后来我们就结婚了，总共两桌人，都是亲戚，他的朋友、同学一个都没叫。来的人说，很多年没见过这么寒酸的婚礼了。

结婚第二年，我们有了宝宝，那天他喝了点酒，跟我说，不能让我和宝宝住在这种地方。我说那你搬呀，你有本事搬不？我没想到他是认真的。第二天，他去找他娘舅借钱，自己添一点，凑了个两室一厅的首付。接下来的一年多，他基本上天天加班，一边还债、还按揭，一边还得把新房子装修的钱赚出来。他说上个月加班加出个彩电，这个月再使把劲，能加出个空调来。我跟他讲，钱是赚不完的，我们现在简单装修下，能住就行，以后有钱了再弄。他说不行，不能留到以后。你大概也知道他的脾气的，就是倔，十头牛拉不回来。

住进新房子不到半年，他开始掉头发，睡觉的时候，肺像个风箱似的，呼哧呼哧，后来开始咳血。拉到医院一查，肿瘤，已经转移了。

我瞒住他，带他去上海的大医院治，医生很坦白地对我讲，治不好了，回去吧。我跪在医生面前，说，我只要我男人的命，你让他多活一天，我倾家荡产也愿意。后来他察觉到了，到那个地步，再迟钝的人也察觉到了，就坚决要求回家。我叫了个车，把他从长征医院直接拉回镇上，抬到家里。一路上他都昏睡着，后来他睁开眼睛，看了看，说不是这里，要回去。他娘舅说，囡啊，就是这里，这里就是你的家啊。他摇摇头，不说话，眼睛朝我看。我说知道了，我们走，就让人把他搬到那个破得不像样的老屋。他在那里咽了气。别人不知道他的心思，我知道，他怕死在新家里，我和宝宝以后没办法过日子。他就是这么个人。

今天出门前，我给他上了一炷香，我说，你看，还是有老同学记着你的。他就朝我笑。他以前不太笑的，现在天天朝我笑了。好了，事情就是这么个事情，还有什么要问的？

第二部分

沈厂长的最后一战

早晨七点十分,沈厂长走进吴泾镇农贸市场。他挑了一块带皮五花肉,准备红烧用,接着买了肉丝、两条鲜活的鳊鱼、香干、生姜、西兰花和菠菜,问摊主讨得一把葱。中午他得准备十几个工人的饭菜,包括他自己的。天气越来越热,菜放不起,只好每天来跑一趟。

沈厂长今年六十三岁,鬓角已经染白,腰板还挺得很直。他穿一件黑色 polo 衫,皮鞋皱巴巴,猜不出原本的颜色,手里拎着两大袋菜,手指粗壮,指缝里嵌着陈年的油墨。亲自下厨实属无奈,厂子不大,专门请个厨师不太划算。也试着让别的工人烧过,效果不佳,总有人不对胃口,没几口就把筷子放下了。

买完菜,沈厂长开车回工厂。厂在吴泾镇外,一条坑坑洼洼的水泥路,右手边是厂区,左手是一片荒地。二十世纪五十年代,这里建起一溜国营焦化厂、氯碱厂、碳素厂、火电厂……后来工厂相继停产或搬迁,厂房就租给沈厂长这样的私营业主。八月,阳光暴烈荒凉,照着废弃的烟囱和铁轨。几辆重型卡车隆隆驶过,尘土飞扬,像西部片里的场景。很难想象,这里也是上海。

沈厂长是上海响乐乐器有限公司的总经理,有意思的是,从员工到朋友,大家从来不叫他沈经理,也不叫沈老板,只叫沈厂长。响乐专做手风琴,生意好的时候,一年可以卖掉三五百台琴,大多是给欧美大牌手风琴厂代工。一台48贝斯的键钮式手风琴,出厂价三四千人民币,漂洋过海,贴上标签,价格变成三四千美元。沈厂长认了。

不是没想过做品牌,十年前,沈厂长注册了"MYTH"(传奇)商标,雄心勃勃,120贝斯的高档回声琴,精心制作了四五十架。送到琴行,对方一看,没听过这个牌子嘛。再一问,哦,国产的,那就更卖不出价钱了。

一台中等规格的手风琴,由四千多个零部件组成,包括两组448片发声簧片,60到120个贝斯,外加若干只变音器。由于结构复杂精密,无法实现机器量产,绝大多数的工序——从冲压金属件、铆定簧片,到安装阀门、包覆赛璐珞贴片,再到最后的调音、校音——只能依靠人工来完成。平摊下来,一名熟练工人,十到十五天可以做出一台琴。今年撞上疫情,好几笔订单取消或推延,没见沈厂长唉声叹气。开厂开到第十六个年头,他已经习惯了背负压力的日子。

比疫情更让沈厂长头疼的,是不断上涨的人力成本。响乐厂刚成立时,一个工人的基本工资大约是一千块,如今翻了四倍不止,琴的价格基本还是老样子。做手风琴技术门槛高,有的新员工培训了一两个月,刚能上手操作,嫌辛苦,跳槽走了。沈厂长苦笑。除了尽可能地提高工人的福利待遇,他能做的,就是多买一些肉菜,把两顿饭烧得好吃一点。

1976 年,19 岁的沈鉴进入上海手风琴厂附属技校,两年后毕业,成为上海手风琴厂机修车间的一名操作工。

师傅姓蒋,50 岁出头,看着干瘦,手劲极大,能轻松捏碎老核桃。师傅是山东聊城人,童年在"谢雨戏"的庙会上,见过卖梨膏糖的小贩拉简易的手风琴,后随家人来上海,看到罗宋人(俄侨)在租界马路上拉琴卖艺,也目睹了抗日救亡时,手风琴为《放下你的鞭子》《我的家在松花江上》等街头剧伴奏。师傅说,战争年代,手风琴就像枪一样,是背着行军打仗的。

1951 年,上海百乐音乐器材股份有限公司集资成立,师傅是第一批工人。"百乐"是英语 parrot(鹦鹉)的音译,寓意像鹦鹉一样给人带来快乐,也像鹦鹉学舌一般不断提高。当时市面上见到的都是外国手风琴,百乐老板家里有一台意大利的斯堪达利,师傅他们把琴拆开,一个个零件琢磨。1952 年 3 月 20 日,一架 12 贝斯的手风琴组装成功,取名"白鹦鹉"。师傅坚信,那是中国第一台手风琴。

"白鹦鹉"全年共生产 519 台,零售价为 150 元,次年增加 16、18、36 贝斯等规格。1956 年,以百乐公司为主体,成立公私合营百乐手风琴厂，1966年更名为上海手风琴厂，沿用"百乐"牌商标。

技校生算学徒工，每月工资17块8毛4分，转正后涨到24块。再往后，就一直是36块，叫"36块万岁"。师傅手把手教。有一回，讲到阳模和阴模，公螺纹和母螺纹，师傅启发：想想自己那个地方。沈鉴的脸红了。后来他晓得，全世界的工人阶级都一样，凡是凹进去凸出来、成双成对的，一律冠名以阴阳公母。师傅讲，以前拜师，要吃三年萝卜干饭，天天早上给师傅师娘倒马桶，现在新社会了，不提倡这些，但生活还是要清爽（上海话，干活要利索漂亮），出手就要有。啥叫工人阶级当家做主？生活做得好，才叫领导阶级，才叫当家做主。

别的工人也常来请教师傅，师傅长，师傅短。中午去食堂打饭，师傅被一堆人簇拥着，像一棵行走的卷心菜的菜心。师傅神气死了。

沈鉴做事踏实，又肯钻研，很快成了厂里的技术骨干。有个中年女工对沈鉴比较关心，常来嘘寒问暖。有一天女工问，小沈朋友谈了吧？沈鉴说，还没有。女工笑笑说，小沈要求高。沈鉴低头说，没啥要求。女工讲，我女儿大你两岁，卖相老好，人品没得挑，小沈要是没啥事体，礼拜天晚上来阿姨家里吃饭。沈鉴一呆，说，啊。女工说，啊什么啦，吃个饭又不要紧的。

半年后，沈鉴的婚礼在新雅饭店举行，摆了二十桌。阿姨升级为丈母娘，笑眯眯地发糖。新娘子在某国营零件加工厂，也是一线职工。来宾纷纷称赞,好一对年轻的工人阶级,未来的主人翁。

师傅感慨,沈鉴这批人"赶上了好时候"。过去的十多年间,西洋乐遭到毁灭性打击,钢琴、小提琴、黑管、萨克斯、吉他……"资产阶级趣味"的东西,市面上基本销声匿迹。手风琴天生带有布尔什维克式的浪漫,可以演奏苏联歌曲,可以给样板戏、忠字舞伴奏,成为唯一幸免的西洋乐器。百万青年下乡,从北大荒军垦农场到新疆生产建设兵团,从鄱阳湖畔到西双版纳,年轻的身体围坐成一圈,等待手风琴声响起,是一代人的集体回忆。进入八十年代,社会风气放开,上一个时代的印记仍在,老百姓口袋里有了余钱,手风琴的需求量大增。1980年,百乐牌手风琴的产量约为2万台,此后逐年增加,1988年达到创纪录的5.3万台。厂里有二十间校音室,装配好的手风琴送进去,通过校验,再包装出厂,河水一样奔流不息。

在那个人均收入几十块的年代,几百元一台的手风琴无疑是奢侈品,要不惜工本地做好。最高端的百乐805售价上千,拿过国家质量银奖,号称能和意大利的索布拉尼"掰掰手腕"。沈鉴有个邻居,听说中百公司进了一台百乐805,揣着钞票,马路上排了一整夜的队。

1990年,在上级主管单位的安排下,长期亏损的长征制刷厂并入上海手风琴厂。合并造成了人员冗余,生产效率下滑。有职工抱怨。领导出来讲，工人阶级觉悟要高，都是社会主义兄弟工厂，兄弟有困难，当然要帮忙。

上海周边的一些乡镇企业，过去为百乐加工零配件。乡镇厂厂长来参观，见人就发香烟，一副憨厚朴实的样子。烟是好烟，港版红双喜，黄壳子的，比平常的红壳子贵一倍。到后来，一听到"乡下人来了"，隔壁几个科的人都拥过来，领香烟吃。

渐渐有了传闻，个别厂里的老工人，偷偷接私活，给乡镇企业当技术指导。礼拜六下班后（当时是六天工作制），匆匆挤上绿皮火车或者长途客车。礼拜天晚上再回上海，手里拎一条黑鱼或者一只甲鱼。规格高一点的，桑塔纳一大早停在工人新村门口，一天的外快抵得上厂里数月的工资。

沈鉴去看望退休的师傅，说起这些事。师傅讲，也不见得是坏事情，至少说明，现在技术值铜钿了。不像从前，大家吃大锅饭，36块拿到死，有啥意思。

乡镇企业有着国营工厂无可比拟的成本优势，条条框框少，销售策略灵活，逐渐占领了市场。加上电子琴、钢琴、吉他等乐器的冲击，学手风琴的人逐年减少，百乐的销量一路下滑。琴卖不出去，款收不回来。国营单位不好开除工人，只能放假，放假工资照发。此外还有两百多名退休工人，工资福利全部由厂里承担。一到发退休金的日子，财务科门口排起长队，一两天才能发完。

当时的思路，是继续购进原材料，加工成半成品，以后总归有用的。职工也着急,他们更加卖力地生产,更加用心地做琴,以为生产搞上去,厂子就有救了,自己也有救了。这批半成品后来进了仓库,一直等到十多年后,工厂几度易主,还没完全消化掉。

进入新世纪,上海手风琴厂已是风雨飘摇。谣言满天飞,工人一批批地下岗,也像流水线。剩下的,坐在车间里,发呆,打扑克,喝劳保茶,等待另一只靴子的落下。

有个师兄,提前下岗了,每天早上仍准时出门,做出上班的样子。找个公园坐一天,等到差不多下班时间,再推着自行车回家。

沈鉴当时是技术科科长,动了心思,想把厂接过来,自己来做。妻子坚决反对。妻子说,下岗不怕的,节省一点,我这些工资够用,你在家做做家务,把儿子管好就行。沈鉴说,我一个大男人,待在家里算什么名堂。妻子说,要么你来我们街道,帮领导开车子。沈鉴说,我好歹是个科长,给人家开车,帮帮忙好吧。

沈鉴跑去找师傅,师傅说,上海人的传统,是做大班,不做老板,老板风险大。沈鉴闷了一会,说,总要有人做的。师傅笑了笑,说,真的要做,那我也一起来。重生活做不了,弄几个零件还是可以的。

2003年底,上海手风琴厂正式停产。工人按各自的工龄和级别,领一笔买断费回家。厂没有了。沈鉴找了十几个老职工,创办了上海响乐乐器有限公司。沈科长成了沈厂长。

沈厂长拿出买断的四万块,外加一点积蓄,购置了些老厂的设备。库存满坑满谷,沈厂长一样没要。他要从头开始,做自己的琴。

成立之初,响乐厂除了几台车床,几条人马,一无所有。车间人手不够,沈厂长自己顶上;看不懂外文邮件,请儿子帮忙翻译,或者翻字典,一个个单词抠;设计产品,对接客户,培训员工,买菜做饭……样样自己来,一天工作十五六个小时,忙得四脚朝天。

2004年秋天,上海国际乐器展览会上,一个外国老头子走过来,寒暄了几句,问沈厂长,能不能帮忙做一个样品。

沈厂长回到厂里,用了一天时间,把东西做好。老头子很高兴,又是拍肩又是拥抱,说这个样品很复杂,别人做不出来,你做出来了,我要跟你合作。沈厂长这才知道,老头子是意大利某手风琴世家的传人。

沈厂长说,意大利人蛮有劲的,一开始上来,百般挑剔,傲慢得要死。一旦认可,就无条件信任。老头子对沈厂长说,决定留一个人在上海,和沈厂长一起做琴。后来晓得,留下的是他的儿子安东尼。

安东尼四十多岁,鼻梁高挺,眼神深邃,每天骑个电瓶车来厂里,换上工作服,像个老师傅一样做生活。隔壁厂的人对沈厂长说，你这地方不大，还有外国人来上班，沈厂长老卵（挺厉害）。

安东尼有着地中海男人的浪漫，换女朋友是家常便饭。一次吃饭，见他带新女伴来，大家起哄，安东尼又调女朋友啦。女朋友落落大方，上前跟大家握手，自我介绍叫某某，也是安东尼的翻译兼秘书。女朋友说，以后有事情找安东尼，先跟她谈。

女朋友对沈厂长的报价不大满意，好像他故意欺负外国人。女朋友讲，人家厂××元就可以做，你凭什么贵。沈厂长说，便宜的我也能做，可按照要求的工艺精度，就得是这个价格。

有一回，安东尼的老爹也在上海，席间又起争执，老头子悄悄对沈厂长做手势——不要跟他们吵了。过了一会，老头子找个机会，把沈厂长拉出去，说，年轻人有年轻人的想法，不要去管他们，我是认可你的。

合作了两年多，到后来，双方都不大开心，女朋友张罗着要走。安东尼在厂里租用了一间仓库，差一笔水电费没结清，跟工人起了争执。碰上雨天地滑，安东尼被推搡倒地。女朋友奔过来，捞起一柄雨伞乱打。

两人叫了辆出租车，气咻咻地跑了。第二天又来，安东尼的耳朵包扎过，神情阴郁，像梵高的自画像。女朋友说，喏，昨天弄伤的，抬手打了110。派出所高度重视，沈厂长赔了五千块钱。

隔壁厂的人说，别看沈厂长闷声不响，光起火来连外国人都打，沈厂长老卵。

安东尼离开后，开了一家小型手风琴加工厂，也和国内其他厂家有过合作。数年后的一天，安东尼回来了，还是骑那辆电瓶车，头发稀疏了一点，讪讪地笑着，请沈厂长加工一个零部件。沈厂长也笑。安东尼说，别的工厂试了一大圈，都不满意。没办法，打相打归打相打（打架归打架），还是要跟沈厂长合作。

另一个意大利老头，六十多岁，某品牌的技术总监，头发雪雪白，像白头翁，也像白求恩。头一回来中国，总共十天，九天在沈厂长厂里。大家开玩笑，说来了个洋插队，国际主义战士。"白求恩"叹气，说意大利的年轻人都不肯做手风琴，辛苦不说，赚钱还少，不少品牌后继无人，许多工艺也快失传了。"白求恩"一头扎进车间，毫不吝惜地传授自己的毕生经验。沈厂长唯一的开支，是请人家吃了九顿麦当劳，外加一罐雀巢速溶咖啡，带咖啡伴侣那种，电视里做广告的，味道好极了。"白求恩"也不挑，一口一杯，喝完继续做生活。

到了第八天，沈厂长实在不好意思，问"白求恩"，明天我开车带你出去转转吧，你有什么想去的地方，外滩，城隍庙，东方明珠？

"白求恩"想了想，诚恳地说，哪里都不想去，就想来厂里，行吗？

响乐厂地处偏远，沈厂长借了辆11座金杯，用来接送职工。

早上六点钟，车从家里开出去，绕市区一大圈，把工人们都接上——车上的是外地牌照，七点以后上不了高架。晚上八点，高架解封，再把大家一个个送到地方。自己回到家都快十点了。有时妻子给他留一点饭菜，开水泡一泡，或者煮一碗面。那是他珍藏的温馨时刻。周六周日也是如此。工人有轮休，厂长没有。工人有基本工资，厂长没有。

沈厂长称呼妻子，不叫爱人，不叫老婆，叫"阿拉女的"。"阿拉女的"在零件加工厂工作了近二十年，做到副厂长兼工会主席。九几年，街道干部刚开始面向社会招聘，"阿拉女的"请了假，去应聘一个街道办事员的职位。面试官诧异道，你已经是厂领导了，为啥还来这里？回答是，不想当领导，不想再管人，管人吃力。

沈厂长讲起"阿拉女的"，颇有几分骄傲：伊是真的不想管人，管人管得烦了，但是没有办法，工作能力摆在那里，结果做做还是当了小领导。

到了年底，街道分配任务，每人负责发放八笔慰问金。别人打八个电话——喂喂，明朝下半天，2点到3点钟，来街道领钞票，好吧，不要忘记——就结束。"阿拉女的"花三天时间，一笔一笔送上门，陪孤老、困难户拉家常。沈厂长说，效果一样吧，效果不一样的呀。

2016年，响乐厂陷入困境，欠着几十万的债，工资一直发不下来。厂房租金一天五百块，对方穷催，说沈厂长，再不交房租，我们只好来搬东西了。妻子咨询了法律界的朋友，建议申请破产。破产清算之后，按法律程序走，能免除部分债务。沈厂长不甘心，也不舍得，说情怀，说信念，那是台面上的话，具体来讲，就是借朋友的钱，怎么办？欠员工的工资，怎么还？妻子说，公家算公家，私人算私人，你欠朋友的钞票，我跟你一起承担。我有退休金，你有技术，可以出去打工。慢慢还，也不是还不了。沈厂长不响。

数次沟通无效后，饭桌上，妻子下了最后通牒：要么破产，要么离婚。

沈厂长正吃着面，一口咸菜呛在喉咙里，咳了半天，憋得面红耳赤。与妻子结婚三十多年，风里雨里过来了，他想不通。妻子的态度很决绝，在她看来，开厂就是个无底洞，那么多时间、精力和金钱扔进去，听不见一声响。她跟着遭罪就算了，儿子还没成家。沈厂长若一意孤行，她也只能以婚姻为代价，划出一条线，不让火势蔓延到这一边。

沈厂长面临痛苦的抉择。辗转反侧了几个夜晚，他觉得自己想清楚了：离了婚还可以复婚，厂要是没了，那就彻底没了。所有的心血和抱负，统统付之东流。沈厂长对自己的技术有充分的信心，把眼下的困境归咎于一连串的坏运气。只要再给一次机会，他沈鉴是可以东山再起的。他理解妻子的苦衷和不得已，真要到了那一步，他也只好先搬出去，拼死拼活干几年，把厂做做好，赚一点钞票，再回来找妻子。他心里清楚，自己不会再寻别人，妻子也不会。妻子身体一直不太好，一只眼睛近乎失明，其实需要他的照顾。他相信，妻子会等他的。他只能这么相信。

沈厂长在离婚协议上签了字。"阿拉女的"落了泪，说没见过这样的厂长，开厂开到最后，赔钱不说，把家也赔了进去。

此前，他们住在东昌路附近的一个旧小区，抬头就是陆家嘴的摩天大楼。年年有拆迁的传闻，年年拆不掉。妻子，确切说是前妻，说，房子是留给儿子结婚的，你不要想。沈厂长说，我不要房子。妻子说，我给你一点钱，你去把债还了。妻子跑到姐姐家借钱，姐姐说，你脑子坏掉了，给他不是打水漂吗？又跑去哥哥家，被臭骂一顿，一分钱没借到。

妻子还是想方设法凑了一笔钱，交给沈厂长，包括儿子跟朋友借的十几万。靠这笔钱，响乐厂还了债，熬过了最艰难的时候。

沈厂长搬进了厂里的宿舍，不足十平米的房间，刚好塞得下一张单人床、一个衣柜、一对木质桌椅。没有窗，天花板发了霉，一到下雨天就渗水。"妻子"来过几次电话，催沈厂长把自己的东西搬走。沈厂长赌气，一直拖着没去。以后总归要回去的，搬什么搬。不久，一个纸箱寄到厂里，沈厂长拆都没拆，直接往仓库一扔。过了快一年，有天不知怎么的，沈厂长记起那只纸箱。打开封口，只见一打打的汗衫、内裤、袜子、牙刷……都是全新的，叠放得整整齐齐。这只戆女人啊，他想，用力忍住了泪水。

手风琴制造是过去的产业，依赖小作坊式生产，琴好琴坏，全凭工人的一双手。上海寸土寸金，人力、环保成本高昂，做手风琴实在不划算。如今，老百乐的那批人里，只剩下沈厂长还在做琴。他说自己是个恋旧的人，对昔日的国营工厂岁月充满感情。从十九岁到四十六岁，最好的年华都在老厂度过。响乐响乐，其实有"想念百乐"的意思。

上海手风琴厂关门后，"百乐"商标收归上海市文教用品公司所有，多年来一直在仓库吃灰。沈厂长跑去有关部门，询问买下品牌或授权使用的可能性，却被告知，品牌属国有资产，不允许买卖，也不方便授权。沈厂长不死心，问，要多少钱？对方答，不是钱的事。

朋友评价沈厂长，骨子里还是从前那个技术科科长，上海老一辈工业人的做派。慢工细活，技术至上，讲究"生活清爽"，而不是成本、绩效和利润。他也的确像个活在过去的人，别的手风琴厂开公号、拍视频，响乐连个淘宝链接都没有。朋友劝沈厂长，那你也开个直播好了。沈厂长说，我只会做琴。朋友说，人家也会做琴。沈厂长说，我做的琴比人家好。朋友看了他许久，说，不是做出好琴就能赚到钱的……时代变了。

师傅真正地老了，一只眼睛看不清，耳朵也不大好使。别人跟他说话，得对着耳朵吼，手风琴响起来，哪只簧片不准，哪个阀门松了，一本账清清爽爽。当初说好来做几年，结果一做做到九十岁。每个礼拜一，早上五点钟不到，师傅背个小包出门，包里是一周的换洗衣物。地铁还没开，师傅调三辆公交，横穿整个上海，抢在老年卡失效之前（早晚高峰不能用），坐上最后一班车。白天做一些轻巧的活，或者帮忙指导一下新工人，晚上就睡在厂里的宿舍。到礼拜五下午，师傅又背上小包，赶在晚高峰之前回家去。

沈厂长过意不去，劝师傅，以后不用再来了，回家休息吧。师傅误会了，以为多一张嘴吃饭讨人嫌，连忙说，让我来吧，我可以出饭钱的。

师傅有苦衷。老伴去世后，他住在儿子家里，三餐靠儿媳妇伺候。儿子患有间歇性精神疾病——大冬天，师傅睡在沙发上，一盆冷水飞过来。对师傅来说，工厂像一个避难所，车间的气息，机器的低鸣，空气中木头和胶水的味道，一切都是熟悉的。累了，靠在椅背上打个盹，睡眼蒙眬中，往昔的时光回来了。只有在工厂，他才能强烈地感觉到，自己是有用的，受尊敬的。离开响乐后，师傅没了去处，唯一的娱乐是坐公交车。看到哪辆车有位子，就跳上去，坐到随便哪一站下来，再换一部。

顾师傅跟沈厂长同年，一起上的技校，一起进厂，一起买断，又一起来到响乐。算起来，四十多年的老相识了。顾师傅有一个心愿——做一台真正属于自己的、独一无二的手风琴。退休后，他跟沈厂长要了一个工位，还是像上班时一样，早出晚归，打磨他的琴。从设计到制作，已经花了两年多时间，说话时，他正在安装琴键，全黑的键盘，是自己调的漆，用小刷子一个一个刷出来的。琴身锃亮,贴着三个金属字——"顾师傅",这是给自己的一个交代。等做完这台琴,了却心愿,他就回家,喝茶养花,当一个普通的退休老头子。

马师傅早年是长征制刷厂的工人,后来并入上海手风琴厂,分配到技术科。马师傅手巧,之前没接触过手风琴,一点就通,干起活来毫不含糊。提前下岗后,马师傅在外边打零工,看仓库、修水电、当保安……什么都干。沈厂长找到他,说想自己开厂,马师傅话不多说,辞掉手头的工作,跟着过来了。转眼十六年过去,马师傅年过七十,精力大不及前,背也驼了,上个半天班,吃过中饭,就回家休息。再做做吧,马师傅笑,哪天做不动,也就不来了。

老兄弟们一个接一个退了,沈厂长无路可退。他努力去抵抗那种日渐孤独的感觉。几乎每一天,他都要忙到凌晨两三点。白天,杂事一堆,电话一个接一个,工人穷叫,沈厂长,沈厂长。到夜里,大家都回去了,一切静下来,可以定心做一点生活。师傅说,生活要清爽。师傅说,这才叫当家做主。累了,坐着打一会盹,醒过来,揉揉眼睛,继续手里的事情。情愿把自己折腾到筋疲力尽,扔到床上,倒头就睡。不能空下来,空下来会瞎想,想了心里会疼。

姆妈去世时,沈厂长在厂里,没赶上见最后一面。他把姆妈的照片抱回来,挂在墙上,心里说,姆妈,以后我可以天天陪你了。

离家后,沈厂长见过妻子两次。一次是前年,儿子腰椎间盘突出,医生建议开刀,他和妻子轮流陪护。妻子陪白天,他陪夜里,交接班的时候,两人说说话,像一对寻常的夫妻。护士进进出出,看不出异样。沈厂长心里暗暗地高兴。

另一次是去年,丈母娘打来电话,声音听起来十分焦急,说好几天联系不到女儿,好不容易接通一次电话,说在吊盐水,没几句就挂了。丈母娘不放心,叫他去看看。沈厂长打不通妻儿的手机,就跑到家附近的东方医院,一个个科室找。他在肝胆外科病房找到了妻子,已经是术后第三天,妻子的姐姐陪着照顾。看见沈厂长走进来,妻子别过头去。姐姐见气氛不对,赶紧摆手,叫他走。后来姐姐出来跟他讲,手术蛮凶险,差一点没挨过去。指指病床,小声说,一个人闷在被头里偷偷哭。沈厂长心中酸楚。姐姐说,现在没事了,最危险的时候过去了,你走吧,她不想见到你。

沈厂长不肯走。姐姐推他,说,医生讲了,现在需要静养,看见你会影响情绪。以后不要再来了。

那天,肝胆外科的护士都看见了,一个男人怎样安静地涕泗滂沱。他终于承认,妻子是对的。事实上,这么多年,小到买什么菜,大到人生抉择,妻子一直是对的,包括离开他。妻子看透了他的脾气,上海话叫"耿",死不悔改,一条路走到黑。无数次,他在心里说,一定要回去,一定要回去。别人问,有没有一个期限?他愣了愣,咬着牙说,不把厂做好,不会回去的。没脸回去。

　　午休时间到了,工人们停下手中的活,招呼着去吃饭。大家围着圆台面坐,菜一盘盘端出来。两大碗红烧肉,两条煎鳊鱼,番茄炒蛋,蒜蓉菠菜,香干炒西兰花,外加一大盆豆腐羹。有人大声说,沈厂长,今天伙食不错嘛。沈厂长笑笑。

爷叔传奇

肇周路像一条河，源自西藏南路"易买得"，一路向西流去。到济南路路口，如同遇上顽石，硬生生拐了个直角，成了南北向，拗出一个大写的"L"。

肇周路还有一大特色，名牌小吃多：耳光馄饨、长脚汤面、逸桂禾、麟笼坊……有一家没招牌的小店，专卖辣肉面，常见客人拖着拉杆箱排队，说是刚下飞机。

下午三点钟，董舒成坐在店门口，眯着眼睛晒太阳。阳光射在光头上，有电灯泡的效果。一个穿圆领汗衫的中年男人走过来说，爷叔，打两张双色球。彩票刮开，没中，中年人一脸懊恼，又掏出一张十元钞票，再打两张。董舒成摆摆手，没有接钱——"好咪好咪，白相（玩）过就可以了，回去被老婆打屁股的时候，不要讲我没提醒过。"

董舒成的店有点意思，除了各类彩票简介和中奖号码，橱窗边上挂了一块吉他形状的木牌，毛笔字写着"修、收、售旧乐器"。走进逼仄的店堂，天花板下挂满各色吉他、尤克里里、二胡、京胡、大小木料、卷成一捆的蟒皮。有一块木料他收了十年，红酒一样藏着，最近心情好，打算拿出来做小提琴。蟒皮是用来蒙二胡的。董舒成说，最好的是公蟒的皮，靠近肛门的部位，音色浑厚。下过蛋的母蟒的皮不行，像产妇有了妊娠纹，松弛了，声音会发哑。现在还有人造蛇皮，杂音是没有了，拉出来味道也不对了。

修琴是董舒成的主业，副业有摄影、驯狗、演出……至于彩票业务，主要是董舒成的太太在主持。为啥要卖彩票？给太太解恹气（解闷）呀！董舒成笑，伊待在屋里厢没啥事体做，一天到晚结绒线，对腰不好的。

董舒成这家店，在肇周路上开了二十多年。刚开张时，有地痞来寻麻烦，见董舒成光头锃亮，外加一口江湖黑话，摸不清深浅，悻悻然回去了。董舒成得意地跟太太讲，看到吧，长得凶有好处的。太太说，这倒是的，你这副样子，一看就是刚刚从"里面"放出来的。

太太小董舒成十几岁，当年是老董的迷妹一枚。董舒成的微信头像是两人的合影——他搂着太太的肩，眉开眼笑。董太爱开玩笑，有一回叮嘱我，你多灌他点老酒，多挖点料，看看还有啥花头经是我不知道的。

我说，阿姨，你也可以自己灌嘛，效果岂不是更好。

董太嗲声道，哎呀，我老酒吃不来的呀。伊还没怎样，我先晕过去了，哪能办啦。

有记者组团采访，听董舒成讲以前学琴、修琴的故事。中午，一行人去"逸桂禾"吃饭，点了大排面、红烧羊肉面、八宝辣椒面，外加素鸡和酱蛋百叶结。大家谈笑风生。吃完面，走回店里，路边有店铺卖老年人手机。实习小记者问董舒成，爷叔用这种手机吧？

啥？我？我会用这种手机？董舒成气得直哼哼，我就是"一脚去"（过世）了，棺材板里也要摆一只最新款最好白相的货色。

小店门面小，拦不住客人慕名而来。经常有客人沿肇周路一路找，走着走着发现自己走到了济南路上，气急败坏，来回折腾，哇啦哇啦打电话，骂山门，吃足这条 L 形路的苦头。

董舒成说，修琴要看心情。心情不好的时候，宁可出门喝咖啡，望野眼（开小差）。"生活"不能硬做，不然做出来不灵的。

他给衡山路、新天地的酒吧修琴，也给不少演奏大师修过琴。说到"肇周路的老董"，大家都服气。有一次，客人拿来一把夏威夷电吉他，坏得不像样子。客人跟董舒成讲，有本事修吧，修得好，这把琴就送给你。董舒成劲头上来，不眠不休干了几天，硬是把琴修好了。后来知道，琴的主人张露女士，是香港歌星杜德伟的妈妈，二十世纪四十年代风靡上海滩的一代歌后。

有朋友开了家乐器厂，兴冲冲拿了一把新出厂的尤克里里给董舒成看。董舒成试了试手，对朋友讲，我随便找块烧火的木头，能做得比你强。朋友只当董舒成在"豁胖"（说大话），没放在心上。不想一个礼拜后，董舒成提了把"烧火棍牌"尤克里里找上门，一弹，音色还真不赖。朋友彻底败给他。

我找董舒成喝茶聊天，他一个人坐在店里拉二胡，摇头晃脑，十分忘情。看见我，董舒成有点不好意思，说快坐快坐，长远不拉，手生了。

董舒成的阿爸姆妈都是广东人，解放前在上海做生意。1949年初，阿爸打算带姆妈、两个女儿去台湾，暂避战火。彼时船票已经紧张，阿爸用四条小黄鱼（一两重的金条），从黄牛手里换得四张三等舱船票。临行前，姆妈发现自己怀孕了。姆妈三年前流掉过一个男婴，这一次，她不愿挤闷热恶臭的三等舱，坚持要留在上海。阿爸拗不过，只得转手卖掉船票。第二天傍晚，听见报童喊号外号外，中联公司"太平轮"沉没。阿爸脸色一变，抢出去，买回一张报纸，黑色大标题是"太平轮沉没舟山海域"，小标题是"近千人生死不明"。当天夜里，一家人去梅龙镇酒家，点了一桌子菜，外加白兰地和橘子水，为捡回小命庆祝了一番。

五月的一个清晨，姆妈早早醒来，看见大街上睡满了兵，兵的帽子上有星星。又过数月，伴随外滩漫天的烟花，一个婴儿呱呱坠地。

阿爸颇有几分艺术天赋，羁留上海后，他把生意交给朋友打理，自己拉拉二胡，唱唱京戏，喝喝小酒，逍遥自在。五十年代初划阶级成分，工作队犯了难：说是民族资产阶级呢，明明没啥资产；说是无业人员吧，人家住洋房吃西餐。最后，队长一拍脑袋，定了个"小商贩"。多年后，姆妈心有余悸，说还是小商贩好，真要定性成资产阶级，不知道要多吃多少苦头。

董舒成五岁时，阿爸去世了，生活变得艰难。在董舒成的记忆里，家里一直在卖东西。清朝的瓶子，齐白石的画，一样样搬走；成套的红木家具，欧式丝绒面沙发，从窗口吊出去，换来大米和青菜。到后来，姆妈开始卖衣服，卖首饰，卖结婚时戴的劳力士女表，卖喷过两三次的法国香水。姆妈最难过的时候，会穿戴整齐，一个人跑去福州路天蟾大剧院看京剧。姆妈坐在三层观众席的最后一排，鼓点一响，眼泪就掉下来。老生咿咿呀呀地唱，姆妈把脸伏在手心，无声地哭泣。戏散了，去盥洗室洗一把脸，回到家里，该缝补缝补，该做饭做饭。

有几年，填饱肚子成了大问题。姆妈没有工作单位，全凭香港的外公外婆寄东西来：克宁奶粉、吞拿鱼罐头、十磅装富强粉、可可粉、炼乳、听装猪油。猪油中心挖一个大洞，是海关工作人员"检查"的结果。

少年董舒成趴在骨牌凳上，给在香港的外婆写信：亲爱的外婆，我想要一副乒乓板。董舒成的乒乓板是自己用木头做的，打出的球不转。信封上歪歪扭扭地写：香港，外婆收。想了又想，这封涉嫌"敲诈勒索"的信，到底没有寄出。

董舒成早早地表现出一位优秀修琴师的资质——拆家什。家里所有新奇的玩意——布谷鸟座钟、蔡司牌相机、手摇唱机……

没一样逃过董舒成的毒手。阿爸留下一台胜利牌无线电收音机，解放前的舶来品，被他拆开来、装回去，又拆开来……如此折腾数回，居然无师自通，学会了修无线电收音机。当然，更多的是拆了装不回去，被姆妈按在沙发上"吃生活"。有一架德国蓓森朵芙牌立式钢琴，被董舒成拆坏了，最后三钿不值两钿卖掉。那是姆妈最心爱的物件。姆妈一边痛打，一边咬牙切齿地骂："小畜生……你将来要赔我的。"

董舒成继承了阿爸的音乐天赋，无论是二胡、吉他，还是手风琴、钢琴，上手就会。他结交了一帮玩音乐的朋友，比如大名鼎鼎的吉他手周康林、百乐门第一支华人爵士乐队的灵魂人物吉米·金。"周康林蛮欢喜我的，伊晓得我会修无线电。当时的无线电收音机接收不到境外短波，伊欢喜听外国爵士乐，想请我帮忙改，又不敢明说。伊就咳嗽一声讲，成成，无线电坏掉了，帮我调一调。"

1953年，百乐门改名为红都戏院，演出越剧、沪剧，兼放革命电影。十余年后，周康林被批为教唆犯，吉米·金被押至安徽华阳河农场劳动改造，每天对着鸭子拉二胡。

周康林有个儿子，因家庭原因吃足苦头，跟父亲隔阂很深，坚决不碰琴，"后来时代变了，我们这些朋友，可以慢慢地跟他讲，你的父亲是很厉害的音乐家，不是坏人"。

动乱期间，学校停课，董舒成把自己关在房间，每天拉十几个钟头二胡。凳子上放一盆水，手指烫得吃不消了，就伸到水里浸一浸，接着再练。"拉琴的时候，心是静的，马路上乱哄哄，跟我一点关系没有。"当时"淮国旧"（淮海路国营旧货商店）里，抄家抄来的钢琴满坑满谷。小提琴、大提琴、萨克斯、贝斯、黑管、吉他……"资产阶级趣味"的东西，市面上基本销声匿迹。董舒成有个弹钢琴的朋友，偷偷躲在家里，三伏天，门窗紧闭，缝隙用棉被捂上，赤着膊，挥汗如雨，绝望地练习。凭一手二胡技艺，董舒成被"工总司"（上海工人革命造反总司令部）毛泽东思想宣传队看中，随队四处演出，从而避开上山下乡的洪流，留在了上海。

1969年夏天，彭浦火车站红旗招展，人头攒动，百万知识青年下乡。彭浦站原是货运车站，上山下乡高潮时期，为减轻北火车站的客运压力，临时改为运送知青的专门车站。董舒成背着手风琴去送朋友，琴声如诉，而人们，大包小包、面容悲戚的人们，也只是停下脚步，木然地听一会，揩去眼泪，转身离开。

一声汽笛，人群骚动起来。不知是谁，率先爆发出一声撕心裂肺的哭号。原本零散的、被压抑的哭声，此刻再也忍不住。哭声越来越响，汇成哭的大合唱。车身缓缓移动，人群跟着奔跑。一片手的海洋。有人摔倒在地，有人当场晕厥。董舒成眼含热泪，目送列车离去。

七十年代末，知青大返城，昔日小伙伴陆续回到上海。董舒成却待不住了。后来他讲，我这辈子就像小猫钓鱼，东跑跑西荡荡，吊儿郎当惯了。让我当一颗螺丝钉，待在一个地方不能动，我要闷死掉的。

听说深圳有不少演出机会，1981年的春天，董舒成告别姆妈，登上了南下的49次列车。

八十年代初的深圳，充斥着各类演艺团体：歌舞团、马戏团，还有"时装模特队"。董舒成加入了一家名叫"夜玫瑰"的歌舞团。团里有个苏联来的姑娘，名字一长串，大家图省事，叫她喀秋莎。喀秋莎是典型的斯拉夫美人，个子高挑，身材凹凸有致，特别是一双忽闪闪的绿眼睛，简直迷死人。

演出从夜里八点开始，一个女孩上来唱两首邓丽君，一个小伙子跳一段霹雳舞，接着董舒成上台弹吉他，唱John Denver（约翰·丹佛）或者Karen Carpenters（卡伦·卡朋特）的歌。演出随后进入高潮，主持人高声宣布：女士们，先生们，ladies and gentlemen（女士们和先生们），让我们用最热烈的掌声欢迎，来自莫斯科天鹅湖剧团的安娜·卡列尼娜·瓦西里耶夫娜·喀秋莎！主持人基本属于瞎讲。幕布拉开，喀秋莎穿着贴身的苏式军装，歪戴船形军帽，款款步出。掌声、口哨声一片。喀秋莎笑一笑，挥手打招呼，标准的广东话，雷猴啊！逮嘎满胸猴！（你好啊！大家晚上好！）男人们沸腾了。董舒成的手风琴响起，喀秋莎唱道：

正当梨花开遍了天涯，

河上飘着柔曼的轻纱。

一遍国语，一遍粤语，再一遍俄语。男人们如痴如醉。别的演出团扮女八路、红色娘子军，顶多是扮成国民党女特务，喀秋莎演的是苏联女红军，攻克柏林的那种。每次演出结束，剧场外的橱窗玻璃碎了一地，喀秋莎的海报总是不翼而飞。

喀秋莎租住的房子在三楼，有男人为看她一眼，顺着外墙水管爬上去。喀秋莎受了几次惊吓，白天都不敢拉开窗帘。她找董舒成诉苦，董舒成说，放心，交给我好了。他借来梯子，在水管上涂了厚厚一层猪油。

董舒成的老蔡司坏了，喀秋莎有一台基辅–4A旁轴相机。没有演出的时候，董舒成骑车带喀秋莎去郊外拍照。董舒成的眼睛也像镜头一样，所有的底片，全是喀秋莎。

两人恋爱了。像一场梦，忘了各自的来处。但快乐着，快乐着，清楚地知道，有一天会醒来。也像那个时代能看到的电影，开头，是《这里的黎明静悄悄》，朦胧水汽中，军装褪下；中间是《瓦尔特保卫萨拉热窝》，电闪雷鸣，"空气在颤抖，仿佛大地在燃烧"；最后，《莫斯科不相信眼泪》，一个女人的离开。

喀秋莎要回国了。她恳求董舒成跟她一起走。董舒成痛苦地摇头，不可能的。姆妈在，怎么可能离开？两人抱头痛哭了一场。喀秋莎说，董，带我看看你出生的地方吧。

喀秋莎是偷渡来的，没有介绍信，也没有身份证明。她个子高，可以假扮男人，臃肿的军大衣遮盖了身体的细节，又剪短了头发，戴上帽子和口罩，只露出一双眼睛。发往上海的50次列车要开一天一夜，董舒成买了四张软卧票，等于包下一个隔间。一路提心吊胆，终于抵达上海北站。

董舒成把喀秋莎安顿在姐姐家里。第一天，带她逛外滩、南京路、城隍庙；第二天去看了自己的小学、中学、街道工厂；第三天，喀秋莎说，我要回深圳了。

董舒成说，我陪你回去。

喀秋莎快要哭出来了，董，我心里难过，你让我一个人走吧。

董舒成送喀秋莎去火车站，又托了铁路上的朋友，路上多照顾。两人在站台诀别。董舒成说，路上小心点。喀秋莎说，嗯。董舒成又说，要是被人认出来了，你就说自己是新疆人，乌鲁木齐来的，党的政策亚克西。

喀秋莎最后一次拥抱了董舒成。列车轰隆驶去，像断续的时光，永不回来。

喀秋莎站在峻峭的岸上，
歌声好像明媚的春光。

董舒成去了澳大利亚，学习乐器修理。学成后，他放弃了定居的机会，回到上海，遇见了后来的太太，开了这爿小店。

他买了一架旧钢琴，跟姆妈那台蓓森朵芙几乎一模一样。细心地修好，调好音，每天擦拭得一尘不染。他在心里说，姆妈，这是我赔你的。

姆妈已经去世很多年了。

几个月前，有个陌生女人加董舒成微信。董舒成没在意，开门做生意，客户加个微信很正常。来人叫"吴菲艾"，打字很慢，但似乎对董舒成的过去很了解。问她是谁，死活不肯说。

董舒成苗头一轧（揣测一番），对"吴菲艾"说，我眼睛不大好，看屏幕累，我们语音聊天吧。

过了很久，那边发来一条语音信息。点开，是个外国小男孩的声音，嘻嘻哈哈的，说着生硬的普通话——"党的政策亚克西"。

董舒成明白了。吴菲艾，无非就是……鼻子发酸，眼泪像要落下来。

再发消息过去，对方不再答复。

我问董舒成，吴菲艾的事情跟阿姨汇报过了吧。他白我一眼，这种事体，自己心里有数么好了呀，多讲有啥讲头。

一个萨克斯手的流金岁月

周鸣讲，吹萨克斯跟吃老酒是一样的，一个人没意思，要朋友一起，热热闹闹的，才有味道。他吹了快四十年的萨克斯，酒龄要更长一些。高音透明尖锐，像白酒；低音醇厚缠绵，像黄酒。啤酒一般不碰的，顶多拿来漱个口——度数低了，不够萨克斯。

朋友都说，周鸣酒品好。碰到酒局，周鸣的习惯，是上来先敬一圈。你随意，他干了，毫不拖泥带水。一圈通关打完，再给自己斟满，讲讲笑笑，慢慢搛菜，酒一口一口咪。

两年前，他跟几个老兄弟组了个小乐队：一台夏威夷吉他唱主角，一把电吉他，一把萨克斯。有时朋友邀请，拉过去，老酒差不多了，搬出家伙，一曲《鸽子》或者"You Are My Sunshine"，气氛就上来了。朋友要给出场费，周鸣坚决不收。他在这行沉浮了几十年，风雨见惯，现在，是为自己。

这天，夏威夷吉他打电话来，说演出行程有变，司机有事去不了，需要周鸣开车子。夏威夷吉他抱歉道，害你老酒吃不到。周鸣咧开嘴笑了，老兄弟，讲得我像酒鬼一样，不喝就不喝，一句话的事体。

他出生在大杨浦的工人家庭，上头有一个哥哥、一个姐姐。小辰光，从衣服、球鞋，到文具、书包，多是哥哥姐姐用剩下的。三年级，他入选学校乒乓球队，要求自备乒乓板。他跑去寻姆妈，讨五块钱。姆妈说，做啥。他把事情一讲，姆妈说，谁叫你打乒乓的，找谁要板子去。姆妈转身忙家务去了，他嘴一扁，没哭。他也晓得，爹爹一份工资，姆妈一份工资，养三个小囡，买米买油买青菜，填饱三张无底洞一样的嘴，每一分铜钿都要计划。可是他委屈，偷偷拿把螺丝刀，把姆妈自行车的螺丝调调松。到晚上，姆妈回来了，脸色铁青。赶上邻居来告状，把他踢碎窗玻璃的事说了一通。两桩事体并作一桩，一顿好打。

爹爹姆妈上班都忙，管不着他。那时候的小孩子，大多是散养。他读不进书，上学不背书包，课本卷一卷插在裤兜里，神气得很。不想听课了，就跑到杨浦体育场，看人家踢足球。老爹的教育，第一是做人要堂堂正正，第二是广交朋友，三教九流都得交。他听进去了。后来他知道，爹爹解放前就参加地下党，做情报工作。单线联系的上级牺牲后，便没人能证明他的身份。爹爹看得开，懒得去争什么，觉得当一个普通工人也不错。那句话怎么说来着，为有牺牲多壮志。当初为之奋斗的，不是都实现了吗？比起死难的战友，这点亏又算得了什么呢？

街坊里有个小阿哥，比他大三四岁，吹得一手好竹笛。夏天夜里乘风凉，小阿哥竹笛一响，里三层外三层围拢。他挤在人群中，汗流如崩，听得入了迷。多年后他说，小阿哥本是音乐学院的料，可惜家里没条件。后来小阿哥轧了坏道，当了"三只手"（小偷），因手指灵活，业务能力强，圈内有名。有一回，小阿哥在市百一店（上海市第一百货商店）"做生意"，见几个外国女人买东西，上前一靠，轻松得手。出门没走几步，被人背后一把钳住。原来这几位是大使夫人，有便衣暗中保卫。便衣怒斥昏头，偷到此地来，损害国家形象，要判几年。小阿哥汗涔涔下，晓得这记祸闯大了。便衣压低了声音，放你一条活路，赶紧把皮夹子送回去，算戴罪立功，手脚清爽一点，要是被发觉，哼哼。小阿哥点头，手止不住地颤抖。商场叫来几个女服务员，介绍新产品，拖住大使夫人。数人掩护小阿哥，悄悄靠近，手指一松，神不知鬼不觉，把皮夹子放了回去。以上这些，都是小阿哥"出来"以后跟他们讲的。小阿哥愤愤不平，讲好戴罪立功，结果呢？该判几年判几年，一点优惠没有，娘个冬菜。

他17岁离开家。大哥去了黑龙江，二姐进本市的工厂，轮到他，爹爹讲，小赤佬太皮，要锻炼锻炼，送他去了部队。他明白，老爹是怕他学坏。大杨浦工人子弟，拉帮结派，好勇斗狠,赫赫有名。控江、凤城、定海港路、449弄、高郎桥……讲出去,哪一个不是响当当,砸在马路上一个坑?他记得清楚,1976年3月2日,他胸佩大红花,告别了爹爹姆妈,敲锣打鼓声中,在沪东工人文化宫门口上的卡车。他对自己说,男儿志在四方,不许哭。狠狠地抽了一把鼻子。

军乐队缺人,领导看中他的机灵劲,推荐他去学长笛。或许是受小阿哥的启蒙,他自小喜爱音乐。以前吹个竹笛,得厚着脸皮跟哥哥姐姐借,如今有了自己的专属乐器,欢喜得跟什么似的。几年部队生活下来,长笛练得炉火纯青。复员后,他进了虹口区的国营工厂,过上了朝八晚五的生活。

八十年代初,各类歌厅舞厅蓬勃兴起,需要大量乐手。他东拼西凑,花了750块(相当于一年半的工资),购入一把解放前的萨克斯,找人修好校好,又拜了师傅,闷头苦练。

怕吵到邻居,管口用女儿的尿布塞住,再把女儿耳朵堵牢。大热天,门窗紧闭,鼓着腮帮子连吹四五个小时,挥汗如雨,不觉得累。

当时市面上流传的,翻来覆去几首歌。碰到电台播放爵士、蓝调布鲁斯,他用磁带拷下来,反反复复听,记谱子。还有就是找老一辈,工部局乐队、百乐门洋琴鬼,冷板凳坐了多少年,他找上门去,香烟老酒伺候服帖。老头子心情一好,翻出老底子的谱子来。他喜欢听从前舞厅的故事,老头子跟他讲,做乐队,诚心正意,"生活"要清爽,人也要清清爽爽。夏天穿什么,冬天穿什么,有规矩,头发一丝不乱,对观众,也是对自己的尊重。这些话,他一直记到今天。

他有长笛的基础,进阶迅速,很快出了师。白天在厂里上班,晚上去舞厅吹萨克斯。碰到周六周日,连着吹好几场,一整天都晃在外头。

早场从九点开始,来宾大多上了年纪,白发苍苍,衣冠楚楚,旧时代的金枝玉叶。舞票看地段,曹杨、彭浦、控江地区,五块六块都有;碰到百乐门、仙乐斯、锦江饭店、上海宾馆廿三层,配冷暖空调、弹簧地板,起板三十。下午场以个体户居多。有一阵他在南京路"新欣乐园"驻场,两点钟一过,北京路五金店的老板们,排着队进来了。有时还带客户,曲子听听,洋酒碰碰,手握一握,一单生意谈拢。夜场分上下半场,上半场以舞曲为主,中间休息半小时,下半场可以点歌。十块或者十五块唱一支歌,有乐队伴奏,是高级版的卡拉OK。真正的精华是子夜场,十一点到凌晨一两点,有驻场歌星。场子里穿梭着卖花小姐,方便老板们往台上送花篮。花篮价格从二十、五十,到两百、一千不等。五千块叫满堂红,等于包下所有花篮,是顶顶有面子的事情。一声鼓响,主持人宣布,黄老板送上满堂红,祝咪咪小姐天天开心,永远开心。乐队高奏凯歌《东方红》,彩灯闪烁,纸屑飞舞,气氛达到最高潮。

周鸣说,吹喇叭也要动脑筋,碰到什么样的客人,吹什么曲子,什么风格,都要花心思。工厂附近的舞厅,开场要劲歌热舞，迪斯科、西北风，迅速把气氛带起来。中间穿插几支慢四，灯光调暗，舞池深处，人影摇曳。百乐门、仙乐斯的早场，最适合演奏怀旧金曲。等《五月的风》响起，底下的老头老太穷拍手，"像大餐出来了"。最后一曲，是周璇的《疯狂的世界》，所有的人都站起来，跳起来：

　　　　鸟儿从此不许唱
　　　　花儿从此不许开
　　　　我不要这疯狂的世界
　　　　这疯狂的世界

　　　　什么叫痛快
　　　　什么叫奇怪
　　　　什么叫情
　　　　什么叫爱

　　这些老先生老太太，过一阵子，就会少掉一个人，再过一阵子，又少掉一个。像一棵树渐渐凋零。欢笑一场过后，再也不见，是人世常事，不值一提。一次在百乐门，周鸣吹了一首《永远的微笑》，三十年代的老歌。曲毕，一位老太太噙着热泪走上舞台，硬是塞给他一张十美元。她说年轻时和丈夫跳过这支曲子，丈夫已经不在了。

一个萨克斯手的流金岁月

周鸣记得,有个老先生,戴深度近视眼镜,拄拐杖,每回都是陪太太来,自己从来不跳。一次被朋友起哄,老先生唱了一首俄罗斯民歌《三套车》。一开口举座皆惊,嗓音浑厚饱满,是专业的美声唱法。多年后,周鸣又一次见到他的太太,没见老先生来。他对键盘说,下一支,《三套车》。"冰雪覆盖着伏尔加河,冰河上跑着三套车……"他看见老太太朝他微笑,随即低下头,用手帕拭去眼角的泪水。

有个姑娘,几乎每个周末都来周鸣的场子,十五块钱一支歌,连唱四五首。演出结束,还要请乐队吃饭,四川北路的西湖饭店,顿顿东坡肉、西湖醋鱼。那次姑娘喝了点酒,对周鸣说,你很像我的男朋友。周鸣不搭腔。后来知道,姑娘的男朋友去了日本,自此断了联系,"第一天看到你,以为他回来了"。周鸣说,姑娘长得是蛮好看的,也有人一旁怂恿起哄,但乐队有乐队的规矩,做人也有做人的道理。他帮不了人家什么,唯一能给的,是音乐。后来姑娘带着新男友来,开玩笑介绍周鸣,"这是我前男友"。

他从三块钱一场起步,渐渐做出了名气。行情好的时候,一天的收入可以抵厂里几个月的工资。家里没装电话,演出消息都是打到弄堂口的小店。守传呼电话的老头是宁波人,"周"发"救"音,一天好几趟,扯着嗓子喊,303室,救命啊!周鸣气得要死,救命就救命,后面那个"啊"可不可以去掉。

女儿上小学那阵,是舞厅生意最好的时候。太太也是工人,三班倒，轮到上中班，夜里 11 点多才回到家。周鸣接好女儿，夜饭弄好，带着女儿去舞厅。女儿在调音室里写作业，困了就趴着眯一歇。等子夜场结束，凌晨一两点钟，周鸣叫醒女儿，骑上自行车回家。有时舞厅比较远，骑到杨浦家中，要一个多小时。冬天，冷风刺骨，他给女儿套上滑雪衫，帽子戴好，再围上他的围巾，弄得女儿圆滚滚的，像一只小熊。他把女儿抱到后座，骑上车，马路空空荡荡，老坦克发出吱呀呀的声响。不一会，感觉女儿像睡着了，身子歪向一边，他赶紧伸出一只手扶住。得赶紧到家，他想，让女儿好好睡一会。可道路如此漫长。他更用力地蹬起了车。

八十年代中后期，"走穴"风行。周鸣跟着乐队，往北到过河南、山东，往南走到浙江、福建。歌手、主持人乘大巴、坐火车，乐队就跟着搬运道具的卡车走，兼任装卸工。晚上打地铺，直接睡在后台。一场演出下来，到手七八十块，一顿老酒就没有了，图个好玩新鲜。

演出大多安排在县城电影院或剧场，连演两三天，再换一个地方。开场灯光全灭，舞台两侧放烟雾，鼓声暴起，《万里长城永不倒》。一曲终了，音乐转为舒缓，在萨克斯《蓝色的爱》的旋律中，主持人款款上台，插科打诨，讲黄段子，介绍演出人员。随后的节目，有魔术、霹雳舞、健美操，最常见的还是唱歌。从《黄土高坡》《妹妹你大胆地往前走》到《故乡的云》、

一个萨克斯手的流金岁月

《恰似你的温柔》，什么流行唱什么。

在安阳剧院，他们谢了六七次幕，多唱了八九首歌，依然抵挡不住观众的热情。也有意外，比如唱西北风，观众比较激动，纷纷跳到台上伴舞，场面就比较尴尬。有的歌手来自专业团体，习惯了美声或民族唱法，底下的观众不满意了，直接喊"下去"，要么点名要求唱《大篷车》（印度电影插曲），一边唱一边跳，露肚脐眼的那种。有的女歌手被嘘得狠了，含着眼泪把歌唱完。不能赌气下台，不然拿不到报酬。演出结束，早有歌迷买了香烟、白酒、烧烤，送到后台，或者直接请吃宵。又是一轮觥筹交错，大呼小叫，折腾半宿搞七捻三，宾主尽欢。

跌跌撞撞走在县城深夜的街头，路灯昏黄，照不清前路。他问自己，如此过这一生，愿意吗？想来想去，大概不会后悔。他告诉自己，要记住此刻。此刻正如潮水般退去。那是他的流金岁月。

到后来，走穴的队伍越来越多，大量草台班子充斥市场。"时装表演"盛行，一路走一路脱，最后脱剩比基尼，这个最受欢迎。尤其是来自苏联国家的女模特，前凸后翘，一匹匹白色高头大马。越是穷乡僻壤，越是一票难求。进入九十年代，电视普及，录像厅、游戏房成为年轻人更时髦的选择。红极一时的走穴潮渐渐退出历史舞台。一个时代落幕。

大家都在说,舞厅越来越不好做了。城市飞速发展,到处在拆迁、盖新楼,不少舞厅被直接推平。剩下的,房租飞涨,勉强维持一段时间,关门了事。富人们有了更多的去处,下午场里,老板少了,下岗工人多了。一到时间,马路边停了一长排自行车。跳好舞出来,正好接小囡放学,回家汰菜烧夜饭。有的舞厅还增设早早场,七点开门,目标客户是买菜回来的阿姨爷叔们,票价一块五、两块。

变化同样体现在脚下。从前来跳舞的男士,考究一点的,喜欢穿南京路博步皮鞋店的头层牛皮小方,八几年的辰光,大概是41块一双;中档的穿烧卖头船鞋;再差一点,大不了"765",猪皮面、轮胎底做的缚带皮鞋,7块6角5分一双,不管怎样,也是皮鞋。后来不对了,穿旅游鞋的、热天穿洞洞鞋的,也敢进舞厅了。上海人总归是讲究的,周鸣叹息,不讲究就不是上海人了。

那几年,周鸣和太太先后下岗,加上演出机会锐减,家里开始捉襟见肘。女儿读初中,正是用钱的时候。他没怎么为钱操过心,现在有些理解,姆妈当初没给自己买乒乓板,姆妈自己也是难过的吧。

朋友在西宝兴路殡仪馆管事,想请周鸣去演奏,讲次。他思来想去,犹豫了很久,还是去了。活不难哀乐,外加《葬礼进行曲》。有时应对方要求你》《好人一生平安》《友谊地久天长》

一开始心理比较抗拒，觉得自己怎么沦落至此。最怕碰到熟人，人家来打招呼，哦呦周老板，长远不见。恨不得一头撞死。时间长了，心态也就放平了。外面马路上，到处是四五十岁没了工厂的男人，当保安，开出租车，卖保险，做黄牛，跑单帮，开馄饨摊，菜场刮鱼鳞，偷渡打黑工……怎么活不是活呢？

一位父亲找到周鸣，问能否为早逝的女儿演奏一首《风之谷》，那是女儿生前最喜爱的曲子。周鸣答应了。他没看过宫崎骏，回家找来曲谱，又把电影细细看了一遍。葬礼结束，那位父亲拉着周鸣的手，久久泣不成声。那一刻，周鸣感受到了重量。他头一次觉得，这份工作是有意义的，光荣的。思念化作音符，抚慰亲人挚友，还有比这更好的送别吗？

女儿长大了，考大学，毕业上班，结婚生子。不知不觉间，自己也老了。如今周鸣六十有四，在一家燃气安全方面的单位发挥余热。上海的舞厅几番洗牌，所剩寥寥，取而代之的，是新一代的酒吧、夜店、Live House。当年一起走南闯北的弟兄，也一个个到了退休的年纪。他还是喜欢萨克斯，空了便拿起来吹一段。旋律穿越漫长的岁月，吹曲子的人已是满鬓霜雪。

他想起来，有过一阵子，市面上最流行的歌是这样的：

阿里，阿里巴巴

巴巴是个快乐的青年

多情应笑我

老赵94岁,一个人住在沪西一套40多平的老式公房里。每天的早饭是面包加鸡蛋,午饭居委会安排人送来,一荤两素。老赵吃一半,另一半留着晚上烧泡饭吃。最大的开销是,一天一包烟。烟要好。

老赵有两个儿子,一个在苏州老家,一个在澳大利亚。儿子们不放心,都叫他搬过去住。老赵说:"我现在身体挺好,一个人习惯。哪天需要照顾了,再来找你们。"

他几乎不下楼,每天就是读书、写日记、看电视,和外界的唯一联系是一部电话。我问老赵,不觉得孤独吗?他笑笑说,心要静,心静了就不会孤独。

一张床,一把单人沙发,一张小方桌——既是书桌,也是饭桌上显眼的位置,摆着一枚抗战老兵纪念勋章。

告诉我,活着的国军老兵大概是一万四千多人,其中一万,都已是风烛残年。

老赵生于1923年，童年在苏州一座大宅子里度过。那时的江南军阀混战，遇到乱兵打过来，一家人就跑去上海亲戚家避难。有一回，常州的舅舅一家也逃难到了上海。舅舅有个一岁多女儿，叫素玉。他带着小素玉到处玩，一派天真烂漫。

两家人的小孩子凑在一起，拍了一张照。老赵给我看照片——四个小朋友乖乖地坐在台阶上，分别是1岁、2岁、3岁、4岁。老赵说，这叫哆咪咪发，"我是发，她是哆"。

1937年苏州沦陷，他跟着父母逃难至武汉，就读于国立第二中学。日机常来轰炸，他亲眼目睹一列火车中弹，燃起熊熊大火，一头栽入江中。14岁的少年攥紧了拳头。

1938年初，国立第二中学西迁，师生分批乘船抵达重庆。在重庆，他意外地与素玉一家重逢。他还记得，素玉扎两个小辫子，害羞地躲在妈妈身后。不久之后，他跟着学校再度西迁去了合川，素玉则随父亲前往皖西。

1939年，中学毕业的他毅然报考黄埔军校。先是顺利通过了体检，笔试是数理化加英语作文，最后一关是面试。老赵说，不知道面试官是不是特别看重外形，进军校的小伙子，一个比一个帅气。

他至今记得，军校大门口贴着一副对联——"升官发财请别路，贪生怕死莫入此门"。他觉得自己来对地方了，"大如是"。新兵前三个月打地铺，三个月后换成上下铺，米饭加牛皮菜，每周一次大肉。大家都是满腔热微笑着挥手，向后退去，退去，直到消失在视野中。

　　送郎送在一里墩，手托荷包送亲人，荷包好比妹的心，千里万里伴郎君。
　　送郎送在二里墩，满园韭菜绿茵茵，刀割韭菜根还在，我送郎君情意深。

　　谁也想不到，往后的三十多年里，这一幕竟一再上演。

　　那时候，回一趟苏州不容易：先从六十七中学坐63路公交车去上海北站，火车开两个多钟头，在苏州站换1路公交，过平门、接驾桥、醋坊桥，在十全街下车，走到滚绣坊的赵家。
　　学校每周上六天课，礼拜天也经常有学习和运动，他是重点批判对象，轻易不能请假。碰到寒暑假，回去时间长一点，要先去粮站把上海粮票换成全国粮票。到了苏州，还得在派出所登记临时户口，离开时再撤销。
　　即便如此，他还是一有机会就回去。有时周六上完课再去赶火车，到家都快半夜了。之前故意不说，要给妻子一个惊喜。
　　日记里写，"极尽缱绻""不知东方之既白"。我读着有点不好意思，老赵却神色坦然。是啊，九十四年的风风雨雨，世事洞明，有什么好难为情的。
　　她靠在他的胸前，遐想着未来的日子：等你调回苏州，白天去学校上课，晚上备课的时候，我给你冲杯牛奶。

有一次，素玉急性腹绞痛，幸好他在家，推着自行车送她去医院。她坐在车后架，疼得嘴唇都紫了，还替他擦汗："你那么大年纪，还这么辛苦。我不想死。我还想等你回来。"

他年年打报告，要求调回苏州，始终批不下来。后来有人劝他，别想着回苏州了，"上海的国民党师长军长一大把，有什么事轮不到你头上；回苏州，你一个上尉营长就是大官"。

除了最便宜的1角3分的勇士牌香烟，他从来不给自己买什么，领了工资就给素玉和两个儿子买礼物。有一次，他给素玉买了件7块钱的丝绒旗袍，拿回家里，素玉又是开心又是责怪：怎么买这么贵的衣服，换成布衣服都可以买好几件了。

那件丝绒旗袍，素玉平时舍不得穿，叠得整整齐齐，放在抽屉里。儿子问起来，她就说：你爸又不在，穿给谁看呢？哪天若是拿出来穿在身上，再"弄弄头发"，邻居见了会偷笑，知道"大哥要回来了"。

在粮食供给最困难的那几年，素玉因营养不良，全身浮肿，小腿一按一个坑，半天弹不回来。两个儿子也成天嚷嚷着饿。当时的国营粮店只有山芋不需要凭票。一次听说某个粮店来了一批安徽山芋，素玉天不亮就去排队。她挑着扁担，兜着几十斤重的山芋，颤悠悠地走在青石板路上，走一个小时才到家。

有熟人遇见，说啊呀素玉，你可是大户人家的小姐啊。

素玉笑笑说，没办法，小囡要吃呀。

他们写了很多信,"朝寄平安书,暮寄相思字"。字里行间,不过是些家长里短,柴米油盐。

1月27日,"你单身在外,病了无人照料。这种苦恼我深有体会。你身体好我才会心情愉快"。

2月18日,"你走后我的睡眠就差,非服安眠药不可。睡不着心乱难受。为了我,你要保重身体,千万不要过分节约"。

6月19日,"如回家把脏衣脏被带回,我给你清洗"。

……

只有一小部分信件保存下来,大部分都在"文革"中被烧毁了。

他记下了每一个和妻子团聚的日子。哪一年,哪一个月,回家几次,每次几天,清清楚楚。一大早赶火车去上海,也算一天。半夜回到家里,也算一天。从1952年他去上海,到1984年素玉去世,三十二年来,他俩在一起的时间总共是1915天,合五年零三个月。

轰轰烈烈的无产阶级文化大革命开始了。作为"反动军官""专政对象",他被关进"牛棚"。学校"停课闹革命",安排他干最脏最累的活——砌墙、拉大车、调水泥、打扫厕所、修理破旧课桌椅。夜里,通宵达旦地开会、交代、写检查、揭发和被揭发。

红卫兵呼啸来去,铜头皮带不时往"牛鬼蛇神"身上招呼。

不断有教师被批斗，被侮辱，被毒打，乃至"自绝于人民"。

有一次，一名红卫兵小将指着老赵，随口命他朗读《毛主席语录》第 273 页。老赵一声不吭。小将火了，反革命分子气焰如此嚣张，居然藐视毛主席，抽出铜头皮带要打。老赵说，小将同志请息怒，您一定是故意考验我的。您看，《毛主席语录》一共才 270 页。

工资冻结，每个月只发 70 元生活费，还得给家里寄去 50 元。每逢"牛"领生活费，小将们便想方设法前来"借"钱。老赵生怕活命钱被"借"走，把钱缝在内衣里或塞进鞋垫下。学校里有个小饭摊，他每天中午去吃三两米饭，一碗豆腐汤，合 1 角 3 分；偶尔叫一碗菜汤面，2 角 1 分，"汤里加辣酱，味道真好"。

最令他痛苦的是，批斗结束，或是"运动"暂告一个段落，别的"牛鬼蛇神"可以回家，和亲人团聚。他还得住在"牛棚"里，独自咀嚼着屈辱和孤独的滋味。

他趁着运动的间歇期，偷偷溜回了苏州。几位小将一路追到苏州赵家老宅，勒令他"老实点"，"回上海交代问题"。

临行前，他剪下素玉的一角衣裳，藏在身边。想家的时候拿出来看看。摩挲着织物的质地，仿佛能触及体温。

革命的洪流同样席卷了苏州，红卫兵到处抄家破四旧。素玉带着两个儿子，紧锁了房门，"抄自己的家"。明代、清代的瓷器，之前没有上交国家的，忍痛都砸了，留着就是罪状；几百幅名家画作付之一炬；老赵的一件军便服铰成了碎片，又拼拼补补缝成一件"百衲衣"，给小囡穿；素玉所有的旗袍、高跟鞋，也都铰烂了。

翻出那件老赵送的丝绒旗袍，她对儿子说，你爸最喜欢这件，姆妈再穿一次给你们看阿好？

穿好了。儿子说，姆妈，真好看。

她实在舍不得剪，于是冒着巨大的风险，把它藏在壁橱的夹板里。等到"文革"结束，家里只剩下这一件旗袍了。

还有那些情意绵绵的信件，都烧了，生怕被翻出什么"反革命言论"或"资产阶级情趣"。烧一封，叹一口气。她对儿子说，我跟你爸两地分居那么久，这些信，我本想留着，等我们以后老的时候看的。

一共烧了548封信，只有一小部分后来写的留到了今天。老赵数了又数，274封。

1984年的春节快结束了，老赵打算回学校。行李里夹着一份退休申请，还有素玉平时省下的四十个鸡蛋，让他给自己加点营养。

本来他一年前就到了退休年龄，校长找到他，说以后不开俄语课了，也不打算招俄语老师，"你好歹送完这届学生吧"。

他铁了心，这次无论如何要走。两地分居了三十二年，他想，终于可以团聚了。像电影里身经百战的老兵，憧憬着"打完这仗就回家"。

临走前一天，素玉一早起来说头疼，后来说好点了，还给孙女洗了尿布。白天素玉去居委会上班，下班回家后和儿媳一起做饭。晚上 10 点，她铺好了被子，突然一阵头晕。老赵扶她坐在床边，她把头靠在丈夫的肩上，好像睡着了，就再也没醒来。

送到医院，素玉已经停止了呼吸。突发性脑溢血。医生叹口气，送太平间吧。老赵蒙了。他不敢相信，素玉就这样走了，没有留下一句话，也没有掉一滴眼泪。世界在他面前无声地坍塌。老赵哽咽了，素玉，我们回家。

老赵说，男儿有泪不轻弹。成年后，他一共哭过三次。第一次是 1945 年日本投降，第二次是 1949 年江山易帜，第三次，不为民族也不为家国，为一个女人。

回到家，老赵把素玉抱到床上，盖上她亲手铺的被子。素玉像是睡着了，神色安详，手指还带着余温。可是，无论他怎样呼唤，怎样摇她的手，素玉也不会醒来了。

想起素玉曾说过，有个算命的瞎子说她有三十年的帮夫运。瞎子告诫她，运不可用尽，用尽了便是生离死别。当时素玉还是个姑娘，压根没往心里去。

后来，老赵经历了八次政治运动，每一次都是惊涛骇浪，每一次都涉险过关，仿佛冥冥之中有什么力量在护佑。那个年代，有多少人没有撑住，便永远地沉了下去。

三十二年，就这么如履薄冰地过来了。是尘缘尽了吗？

老赵老泪纵横。他情愿相信,瞎子说的是真的,这些年是素玉在保佑他。他是她的羁绊,她是他的菩萨。

送郎送在八里墩,八宝丝带送手中,丝带本是千条线,勒在腰里记在心。
送郎送得没踪影,看不见郎君一丁丁,前走三步头发晕,旋旋得跌了个坐骨蹲。

他对两个儿子说,这个床,你妈妈一个人睡了几十年,我要陪陪她。

我不忍心问老赵,如何熬过那些最初的漫漫长夜,我只知道,以后的好几年里,每晚入睡前,他都会呼唤三声妻子的名字,素玉,素玉,素玉。

素玉去世的第十天,他定定神,给妻子写信。许多没来得及说出的话,像迟到的雨水和泪水,一滴滴落在纸上。从1984年2月20日,写到1986年11月14日,写了三年,总计一千封。

在第一千封信里,他写,"我不打扰你了,但我会一直想你"。

老赵至今保留了写日记的习惯。每一篇,在日期旁边,有一个小小的数字。比如"2016年5月17日,11769",代表素玉离开的第11769天。

素玉走后的很长一段时间,他闭门不出。偶尔出去一趟,看见别的老头子老太太一起走路,心里难过得很,干脆不出去了。

儿子劝他再找一个伴。他笑,我这辈子都是一个人,习惯了。

儿时的颠沛流离,少年的军校生涯,青年的千山万水,六十七中学的宿舍和"牛棚",最后,寄身于这间小小的蜗居。一辈子向往家的温暖,家却咫尺天涯。

老赵自嘲,命该如此。

有人请教他养生的秘诀。老赵笑了,我一不吃补品,二不打太极,每天一包烟,养什么生?

来人不死心,那总有些人生经验和感悟吧。

老赵想了想,要说感悟,大概就是"静"和"净"两个字。静则不扰,净则不惧。一个人,一杯茶,一支烟,听听广播,看看电视。有时想起过往的岁月,就写两笔。安安静静地活着,干干净净地把日子过完。

或许,经历了如此漫长跌宕的岁月,一个普通人遭遇的一切生离死别,都只是"小离别"。无数人被历史的车轮碾过,零落成泥,无声无息。早已过了宠辱不惊的年纪,千种滋味,万般劫难,仿佛都已远去。暗夜里,闭上眼睛,依旧是你的笑意。

"其实懊悔的事情有很多,当初为什么要来上海,为什么不坚持前一年就退休,她喜欢旅游,为什么不早一点带她出去走走。不能多想。命运面前,一个人的悲欢是很渺小的。但这是我的全部。"

我突然有点明白了,老赵为什么情愿独处。他的生命里有过一个人。这个人走了,他就是孤独的。无论走到哪里,人声喧哗,人潮汹涌,他都是孤独的。

我在老赵家坐了很多个下午,喝了他很多茶,也吸了不少二手烟,听他讲长长的一生。前六十年的主题是分离,后来则主要关乎怀念。有时窗外下着雨,淅淅沥沥,有一种浮生若梦的感觉。现在的年轻人,再去听那些天荒地老的爱情,终究是隔了一层。就像从没离开香港的人,听"我的世界开始下雪",只觉得那是多么遥远而不容辜负的深情。

老赵说,这辈子,算是喜欢过了。他那个时代的人,不习惯说爱的。

少年游

父亲说，要是你哥哥给你写信，信封上不署姓名，你能认出他的字吗？他得意地回答，当然认得出。他熟悉哥哥的字，打小两人一起练书法、学钢琴，哥哥样样比他强。哥哥练字时，他就站在一旁看。他很崇拜哥哥。

五十多年后的一天，想起父亲的这句话，沈次农流下了眼泪。隔着漫长的岁月，他突然懂得了父亲的用意。父亲已经不在人世了。

自从父亲被划为右派，家境就一天不如一天。父亲是一家私营纺织器材厂的总会计师，月薪192元，出门有美式吉普车接送。运动一来，撤销所有职务，下放嘉定城西公社，干的是开河、挑土之类的重体力活。两周回家一次，住一晚就走。有时到家已是深夜，父亲用小锅煮开水，里头搁两根鸡毛菜。出锅时滴两滴麻油，吃起来很香的样子。

1960年，父亲调回原厂监督劳动，任锯木车间发货员。每天早半小时到厂，晚半小时回家，负责打扫车间和全厂的厕所。

有一次他清扫完，见厂里空无一人，便提前回了家。结果第二天就被人揭发，这让他百思不得其解。

在沈次农的印象中，父亲本是个热情开朗的人，家中常是高朋满座，充满了欢声笑语。成了右派后，许多朋友断了来往。有几次，父亲在马路上看到熟人，习惯性地招呼一声，对方一看，吓得扭头就走。父亲变得沉默，在家里的大多数时间，他都伏在写字台前，写那些无穷无尽的检查和交代材料。一次父母间发生争吵，父亲摔门而去。他大概八九岁的样子，跑到母亲跟前，嘟着嘴说，爸爸这么坏，姆妈生病，还跟姆妈吵。母亲笑了，摸了摸他的头，柔声说，你爸爸心里的苦，你们不懂。

父亲的工资早就取消了，每月发 58 元生活费，维持一家人的开销，其中的大半用来支付母亲的药钱。母亲有一架"谋得利"牌钢琴，身体好一点时，可以支撑着弹一段《松花江上》《满江红》。他和哥哥围着听。局势一坏，钢琴卖掉，红木家具卖掉，包括陪嫁的首饰，三钿不值两钿卖掉，换成洋籼米和一角钱三斤的青菜，勉强养活四张嘴。

母亲嘱咐两个孩子，除了上学，尽量不出家门，免生是非。他和弄堂里的小赤佬吵架，对方指着他鼻子骂，你爸妈都是反革命。他血涌上头，冲上去挥拳就打。回到家，被母亲劈头盖脸责备一顿。母亲说，你在外面打架，不管谁对谁错，都是你的错。谨小慎微，是右派子女的生存法则。

邻居家的保姆，不知从什么时候起，天天站在他家门口。他和哥哥经过时打招呼，保姆笑眯眯。后来他知道，保姆是受了居委会的指示，专门来监听他们两个小孩子说话的。

楼下7号里的黄家姆妈常来探望母亲，两人在房间里小声地说话。黄家姆妈在香港有亲戚，有时收到奶粉、猪油和罐头，便送一些过来。有一次，他听见黄家姆妈对父亲说，沈先生去香港吧，凭侬的本事，寻一份工作没问题的。父亲苦笑，没有答话。

黄家姆妈消失了大半年后，母亲收到一封没有署名的信。她读完信，告诉父亲，黄家姆妈到香港了。

母亲像知道自己将不久于人世，常有意暗示两个孩子。母亲说，等姆妈死了，你们爸爸要是再娶一任太太，你们要听话。他和哥哥哇哇叫起来，不可以的，绝对不可以。母亲笑了。到底是小孩子，都不会说一句，姆妈不会死的。

所以，当母亲真的去世时，兄弟俩并没有太多的悲痛。死亡如一件家常降临。他和哥哥穿着黑色小西装，臂上戴着白花，在殡仪馆溜达。他看见隔壁厅请了专业的哭丧队，进来一个人就干号一阵，即收即止，像唱歌一样。他朝哥哥挤挤眼睛。两个男孩咯咯咯笑起来。

他们有足够长的时间来吞咽这份痛楚。母亲的死像摁下了静音键，所有的谈笑、家长里短，包括抱怨和争吵……被一键清除。大多数的时候，三个人相对沉默，即使在午后，也如同黑夜降临。一次吃过晚饭，哥哥在厨房收拾碗筷，父亲突然问他，要是你哥哥给你写信，不署姓名，你认得出来吗？

沈次农推测，应该是在母亲去世后，父亲动了去香港的念头。在那个年代，一个人带着两个男孩偷渡是不可能的。父亲的计划，应该是先带哥哥走，再想办法把他接过去。究竟计划到了哪一步，又是何时、何故取消，或者仅仅是一个闪念，已无从知晓。那时的他，每天照常上学、放学、写作业，对父亲心中的惊涛骇浪一无所知。

临近初中毕业，学校里下发各种表格，姓名、年龄下面，是家庭成分。这让他感到屈辱。眼看班上的工人阶级子弟一个个去了国营工厂，最差也是郊区农场，没他的份。最后剩了四个人，都是"黑五类子女"，分配外地农村。

具体分配方案迟迟不公布。他整日闷坐在家，听唱片，写毛笔字，摆弄棋谱，看一切能弄到手的书籍，等待另一只靴子的落下。

抄家队上门时，家里已是一贫如洗。人家也有任务指标，留下三只凳子、三条被褥，其余的全部抄走，算革命战果。铁皮罐里一块几毛的零钱，买菜用的，抄家队走后，那一块钱不见了。父亲为此难过了很久。

同学来他家借书，他翻出一本《欧·亨利短篇小说集》。刚好抄家队上门，同学把书一扔，走了。于是这本书成了"资产阶级生活方式"的新罪证。为此，父亲写了很久的检查。

父亲又一次彻夜不归，他知道，父亲要么被监禁批斗，要么在通宵写检查。他生怕抄家队再来，第二天一大早，赶紧把家里剩下的几块钱全部买了大米。等父亲回到家，他告知了买米的缘由，父亲像很轻松的样子，说了句，有什么好怕的。

数年后他得知，父亲在朋友那里说起这件事时，一度掩面痛哭。

他在压抑和自卑中长大，兄弟两人都养成了沉默寡言的个性。到了1968年底，哥哥临近高中毕业。此前有一种讲法，家里有多个子女的，可以留一个在上海。那天居委会来人通知，晚上有重要广播。一家人早早守在收音机前，终于，等来了播音员抑扬顿挫的判词：

"最高指示：知识青年到农村去，接受贫下中农的再教育，很有必要……"

父亲脸色铁青。他知道，一个也留不住了。

有七个插队的地方可以选：黑龙江、吉林、内蒙古、安徽、江西、贵州、云南。他想去黑龙江军垦农场，有工资拿。最后父亲敲定，去云南。理由是：南方饿不死人，也冻不死人。小姑妈对父亲说，侬搞搞清爽好吧，伊拉是去种地，不像侬当年，坐飞机像坐公共汽车一样的。

1969年3月2日，是他和哥哥离开上海的日子。一大早，父亲送他俩到校门口，父亲说，你们进去吧，我去上班了。他走进校门，看见操场上停着几辆临时征调来的公共汽车，车头挂着大红花。有人敲打锣鼓，像一桩喜事。当公共汽车驶出校门，他猛地瞥见，父亲正挤在一群家长中间，焦急地张望。一时间，哭声、喊声、锣鼓声、口号声汇成一片。隔着车窗，他大声叫着父亲，父亲像没听到。他看见父亲哭了。

汽车把他们送到彭浦火车站。彭浦站原是货运车站，临时改为知青上车点。这是全上海第一趟"插队落户"专列，由于事先封锁消息，几乎无人送行。等安放好行李，同学们坐定，车厢猛地一晃，几个女生大声地哭了出来。别的同学也跟着哭。他咬紧了嘴唇。

站台缓缓倒退，列车加速。等开出市区，刚才哭鼻子的也止了眼泪。到底是小孩子，扑克牌拿出来了，零食也摆到台面上，大家开始有说有笑，像一场春游。

很多年后，有人问沈次农，听说一车人都哭了，就你们兄弟俩没哭？

列车三日三夜后抵达昆明。稍事休整，这群来自上海的知识青年爬上卡车后斗，轰鸣声中，朝西南方向驶去。

没有人告诉他们此行的终点。卡车不断地爬山，下山，过一条大河，然后再次爬升。路况糟糕，烟尘滚滚，人人都灰头土脸，几个女同学吐得昏天黑地。五天后，开到一座边陲县城——澜沧。

澜沧县的全称是澜沧拉祜族自治县，地处云南省西南部，与缅甸接壤。除拉祜族外，另有佤族、哈尼族、傣族（分旱傣和水傣）、傈僳族等民族居住。一跳下车，知识青年们就飞奔到邮局，给家人写信。父亲在回信中写，他每日心神不定，长久对着地图，揣测两个儿子究竟到了什么地方。

县城只有一条街，街上只有一家澜沧饭店，店里只卖一道菜——红烧牛肉，售价4角。每个周六，四方山民来赶街，背着松明、菌子、笋干、鸡蛋、药材以及各式的腌菜。这个习俗一直保留至今。

他们十个男生被分到芒片小队。说是小队，其实就是一个拉祜人的村寨。寨子派了牛帮，为这些远来的知识青年背负行李。从县城出发，十几号人，几十头牛，丁零当啷走了一整天。

傍晚时分，疲惫不堪的知青们在屋前空地整理行李，村民们站在一旁好奇地观看。他们猜测着，私下打赌，究竟是什么东西这么沉，压得牛喘不过气来。当箱子里搬出厚厚的《史记》《红楼梦》《辞海》……村民们吃惊地张大了嘴巴——很多人从来没见过书。

有同学带了一副哑铃。村民不认识，同学当场做了几个健身动作，惹得大家哈哈大笑，后来被当作笑话讲：这些上海娃娃，千里迢迢的，搬来两坨铁疙瘩。

当晚就一个菜——炒花生米，配籼米饭。大家吃得很香。他想起来，在上海，花生米是春节才限量供应的。

还有人带了一块糖年糕，一路闷在塑料袋里太久，已经发臭了。队长的儿子要过去，说能吃。结果刚咬了一口，就俯下身，剧烈地呕吐起来。大家连忙上前，队长儿子解释说，糖年糕没问题，让肠胃不适应的，是当地极少闻到的"塑料的味道"。

从高处望去，寨子如一星黯淡的灯火，飘落在无边无际的原始森林中。村民延续刀耕火种的方式，要种粮食了，就去山间找一片平地，放火烧荒。第二天，每个知青领了一把锄头，去清理梯田上的杂草。

像《红灯记》里的唱词，"咱们本不是一家人"，十个男生就此住下。按照政策，知青每月配35斤粮食，先吃大米，吃完大米吃糯米，吃完糯米吃玉米，吃完玉米吃完荞麦。荞麦煮一锅，掰一小块盐巴扔进去，猪食一样。回想起初来时那顿炒花生米，是多么奢侈。

生活艰苦，他却感到了轻松。山高水远，心境也随之开阔。村民对他们都客客气气，没人知道他是右派子女。而同来的知青，出身或多或少有一些问题，谁也轮不上歧视谁。多年压在心口的石头变轻了，他的笑容多起来。

肚皮里好几个月没油水了，知青们商量着，去澜沧饭店打一顿牙祭。计划要三天：头一天赶路，天黑前赶到县城，大快朵颐后，找个僻静处住下；第二天上街采办些生活用品，去邮局寄信，晚上再吃一顿红烧牛肉；第三天返回。只有一个男生说不去。来时的路上，男生丢了行李，此时已是身无分文。他说，那我也不吃了，留下来陪你。

另外八个人天不亮就出发了。没过多久，队长儿子来敲门，说寨子里杀猪,给知青们割了一块肉。他哭笑不得。

澜沧气候湿热,肉需要尽快处理。他切下肥膘,放进铁锅熬油,滚烫的猪油装了一广口玻璃瓶,结果让那个男生失手打碎。猪油渗进泥地里,男生哇的一声哭了。他赶紧安慰,说没事没事,还有瘦肉呢。瘦肉切片,抹上点盐巴,再学着当地人的样,装进篮子,吊在屋梁下。

三天后,大家回来了,他兴冲冲取下篮子,发现肉已经发酸发臭了。到底是缺乏生活经验,不知道生肉擦了盐会出水。肉在盐水里泡了三天,早就吃不得了。

村里的老人问他,什么时候回去?他认真地回答,不回去了,我们要扎根一辈子的。老人笑笑,好像在说,到头来肯定要走的,你们这样的,我见的多了。

旱季到了。有时干完农活,他就躺在地上,舒缓一下筋骨,看天上缓缓流动的白云。他忍不住想,父亲当年飞在天上,看到的这片大地是什么模样?

次农你好。

来信收到。我这里一切都好,谷农照顾得很周到。邻居颇为友善,昨日攀谈几句,发现澳式英语发音与我当年学的美式英语有所不同。我每天收看天气预报,上海已经入冬,要注意保暖,多添衣。扬扬好吗?功课紧张吗?如有近照,可以寄两三张来。

你信上说,正在收集家族史,问我年轻时的经历。你说,如今是太平年代，谈谈无妨。其实，我年过八十，早已不在乎什么。从前闭口不谈，确有顾虑；如今时过境迁，不知还有没有谈的必要，陈年旧账，又是否有人愿意一读。

你和谷农去云南插队的前一晚，我讲过一些飞虎队的经历。当时主要是希望你们心里有个底，知道我并非坏人，许多事一笔带过了。

我1939年考取复旦大学会计系。当时上海已沦陷，学生上课住宿在租界海格路（沈次农注：今华山路）复旦中学内。第二年春节，我回绍兴广宁桥老家，向父母亲告别，预备返沪后随校西迁。后因沪杭铁路中断，我便与某某（沈次农注：也是复旦校友）搭伴，从绍兴出发，经浙江、江西、湖南、广西、贵州，费时四十余天，抵达重庆北碚的复旦校园。最后一程，是在贵阳搭乘老式客车，翻越乌蒙山脉，远远望见山城的轮廓，至今记得。一路上，见街市颓败，车船拥堵，兵匪劫掠，难民遍野，心情极为沉重。

我们找到了学校。校舍简陋，宿舍为一排两层小楼，一楼住男生，二楼住女生。伙食是糙米饭加牛皮菜，运气好的时候，一周能有一次肉吃。

当时，日军对重庆施行"疲劳轰炸"，企图瓦解军民的抵抗意志。每天都有空袭警报，甚至一天好几轮，路边常见尸体横卧。国民党的空军早已消耗殆尽，幸存的几架，要等日机飞远后才敢升空，被戏称"有我无敌"。

一个周末，我去同学家做客。同学的姨妈正在烧菜，突然空袭警报大作，大家赶紧跑到防空洞。等警报解除，回到家里，姨妈继续烧菜，不料警报又来。如是再三。古人说"一夕三惊"，吾辈经历的，是实实在在的"一饭三惊"。

当时复旦的校长是吴南轩，有一天，他召集几个英文较好的男生开会，会场就在路边（因校舍紧张，学校常在路边开会解决问题）。吴校长说，有一支美国航空志愿队即将到昆明，急需翻译，希望大家踊跃报名。

我当场报了名。吴校长对我说，虽是译员，一样是上战场，有生命危险，你要想清楚。我说，我想清楚了。

那时我还不知道，这支援华志愿空军，便是日后鼎鼎大名的"飞虎队"。

我们几个男生去报国寺的战地服务团报到。旅馆歇一夜后，坐上一辆大客车，车上有四五十名乘客，多是年轻人。走盘山公路，夜晚就寄宿在那种"鸡鸣早看天"的客栈。开了三天，到贵阳换乘卡车。卡车后厢钉两排长凳，座位不够，大家就轮流休息。两日后抵达曲靖，又换火车。因为路基不好，火车开得很慢，到饭点就停下来，让大家去附近的村镇买东西吃。

到昆明后，军车把我们接到小西门附近的昆华农校，即训练班驻地。每人领到一顶军帽、两套卡其布军便装，这让我们这些穷学生欢喜异常。因为不是正式的军人，我们的职衔是"同中尉"，约定服务时间为一年。

训练班开设航空词汇、气象词汇、社交礼仪、体育等课程，其中英文课占时最多，教员来自西南联大。有个教员很厉害，他听学员的发音，便能准确指出"这是湖南英语"，"那是浙江英语"。

教社交礼仪的是励志社的总干事黄仁霖，他告诉我们，"穿西装要带梳子，梳子应该放在西装内袋里"，"喝咖啡的勺子是搅拌用的，不能用来舀咖啡喝"。后来，他真带我们去吃了一次西餐，现场演示刀叉的用法。

说个笑话。有天我正在背单词，隔壁两个人吵架。我听了一会，一句没听懂。后来才发觉，这两位说的是地道的四川话，我当英语听了。

培训预计要三个月，后因局势紧张，美国人提前到了，我们也提早上岗。我英语基础较好，被分配在巫家坝机场指挥室，任志愿队队长陈纳德的翻译。从指挥室望出去，几十米远的地方，停着一排P40单座战斗机。每天天不亮，引擎就发动起来，随时准备升空作战。

我的任务是翻译防空情报。当时云南全省已建立完备的预警系统，各地防空观察哨一旦发现情况，立即用无线电或电话报告机场指挥室，由我们译员译成英文，交给当值的军官。有时情报很简单，如"楚雄方向发现一架飞机"，甚至只是"某方向听到飞机声"。依靠这样的蛛丝马迹，一点一点，追查到日机的行踪。

1941年12月20日，十架日机进犯昆明。志愿队起飞迎敌，首战告捷，击落六架日机，击伤三架。几乎所有的昆明市民都目睹了这场空战。大家沿街鸣放鞭炮，庆祝胜利。当天晚上，云南省政府主席龙云率领官员和民众代表，抬着猪牛羊来巫家坝慰问，称赞志愿队是"空中飞虎"。后经报纸宣传，"飞虎"之名传遍天下。

记得有一回，我见当值军官不时爬上屋外的掩体，朝南方的天空张望。后来知道，那天飞虎队轰炸了日军在河内的机场，他在等待机群返航。之后还有过一次，是有名的"蒙自大捷"。自那天起，昆明上空的警报再也没响过。

到1942年5月，云南的雨季来临，"西线无战事"，飞虎队受命调往重庆。我乘坐DC3运输机，抵达重庆白市驿机场，继续担任译员工作。

一年服务期满后，我回到复旦校园，毕业后加入中国航空公司，驻扎加尔各答的达姆达姆机场，参与驼峰航线的运输工作。直至抗战胜利。

本打算只写几句，结果一提笔就停不下来。就此打住。

代向小方问好。

沈永泉

2004年11月17日　悉尼

一晃数年过去，沈次农从澜沧调到思茅，当一名供销社营业员，每日与棉布、碗筷、锅铲、扫帚为伴。别的知青想家，想上海，半夜躲在被窝里偷偷地哭。他不想。上海隔着千山万水，巨大且冷漠，堆砌着不愉快的记忆。两年一次的探亲假，别人恨不得马上回到上海。他倒好，经常中途下车，桂林玩一天，重庆玩一天，没一次是直达的。

同宿舍的两个上海知青会拉小提琴，他看了眼红，摸一摸琴都觉得幸福。哥哥招工进冷库，用第一个月的工资，给他买了一把"东方红"牌小提琴。从此，他疯狂地迷恋上小提琴。早起洗漱后，先拉上一段，然后匆忙去上班；下班后，去食堂随便扒两口饭，便练琴直至深夜。从基本的指法起步，一点一点地进阶。没有老师，就自己摸索，或者找室友探讨。三人常因一个看不懂的符号争论半天。没有琴谱，就想尽办法，借来文工团的谱子，连夜抄下来。

当时的思茅，非但没有琴谱出售，连空白的五线谱都没有。他剪下梳子上的五齿，在复写纸上划出五道平行线，又把橡皮磨成圆柱形，蘸着墨水画音符。

有时他自己都觉得好笑。小时候母亲教他弹钢琴，他并不太感兴趣，常敷衍了事，如今却为了一本缺页的曲谱奔走。或许，是母亲弹琴的样子，在他心底埋下了最初的种子。

宿舍住四个人，另一人搬出二胡，企图对抗三把小提琴，最后败下阵来。再往后，他们找了一栋不能住人的危楼当琴房，练得更肆无忌惮了。

有一阵子《梁祝》受批判,他把乐谱封面用纸包上,上写"G大调小提琴练习曲"。好在当地绝少有人听过《梁祝》,因此照拉不误。

他开始惦念上海。上海到底好哇,有曲谱,有音乐厅,有教琴的先生,有许多同他一样热忱的乐迷,老洋房的楼板里暗藏着从前的黑胶唱片。难得地,他做了关于上海的梦,梦里是梧桐夹道和如歌的行板。

他日日夜夜练琴,对着思茅河,对着无量山,从开塞、马扎斯、克莱采尔,拉到莫扎特的协奏曲。手指和脖子磨出了老茧,一放下琴,臂膀酸得抬不起来。音乐驱散了他心底的阴霾。仿佛运起琴弓,便忘却了忧愁。他和姆妈,和上海,唯一的关联,只剩下了这把琴。

1976年秋天,沈次农被当地文工团借调,赴边防部队慰问演出。出发前,他收到父亲的信。父亲说,右派帽子摘掉了。他心中五味杂陈,一时不知该如何答复。姆妈要是听到这个消息,会高兴的吧。

次年,沈次农调回上海。他决心坐一次飞机。从思茅到昆明,汽车是9块,要开三天,飞机25块,航程一小时。登机后,他看见有个男人捧着脸盆,沿过道慢慢地走,嘴里嘟囔着,像在发什么东西。等走近一看,原来是一脸盆的散装香烟。每位乘客可以领五支。

起飞了,他紧贴舷窗,只见身下群山匍匐,江水纵横。他终于知道,当年父亲见到的景象,是这样的。

次农你好。

照片收到,扬扬好像是壮了。我身体很好,不必担心。每天晨起散步,早餐鸡蛋一个,牛奶一杯,面包数片。下午喝咖啡。西餐完全吃得惯,中华超市有榨菜、乳腐、咸鸭蛋、四川豆豉,就是比较贵。晚饭后散步半小时,走走坐坐。回念往昔,半世颠沛,半世惶恐,能过上几天平静的日子,我已经满足。

昨天是你母亲的忌日。我和谷农简单操办了一下——打印出黑白照片,供几个水果,上三炷香。又想起一些往事。

我和你母亲相识于1947年的重庆。那时我刚离开中航公司,经复旦友人介绍,在嘉励中学任副校长。我们在一次舞会相识,你母亲穿西式百褶裙,头发烫过,粉黛略施,典型的"新女性"。我请她下场跳舞,旋律我至今记得,叫As Time Goes By(时光流逝),《北非谍影》的插曲,当时流行的曲子。

她是官宦人家女子,父亲当过营山县的税务局长,很早就去世了。她十几岁出来念书,先在成都南虹艺专学习西洋美术,后随大哥来到重庆。她有绘画天赋,报考过西南美术专科学校,被录取。结果报到那天,正逢日机轰炸,嘉陵江轮渡停运。错过了日子,她便放弃了入学资格。事后朋友替她惋惜,她笑一笑，丝毫不放在心上的样子。这份洒脱不拘泥，倒是颇有几分袍哥的做派。

你母亲看似纤弱，实则刚烈决断，为我所不及。家里曾为她定下一门亲，对方是营山当地一个纨绔子弟。她坚决不答应，使得两家只好取消了婚事。后来据说那个纨绔子弟抽鸦片，把家都抽败了。

1948年初，我们在重庆北温泉订婚。你母亲只提了一个要求，希望以后有一架钢琴。

订婚后，你母亲随我来到上海，也算是"一江春水向东流"。十一月，我们在海格路青年馆举行婚礼，重庆《新民报》亦登报祝贺。婚后定居于西摩路（沈次农注：今陕西北路），我在鼎固纱管厂工作，你母亲主持家务。次年初，购入一架"谋得利"牌钢琴。

你母亲身体本来就不太好，在南虹艺专时患过肺结核，留下病根。1957年后，受我拖累，长期忧虑操劳，又严重缺乏营养，身体状况更是雪上加霜。

回想起来，我这一生中最恐惧的，不是几十年的赤贫，不是被揪斗、游街，不是报纸上连篇累牍的批判（沈次农注：父亲曾被几大报纸点名批判，仅从这一点，他觉得自己够得上"罪大恶极"了），而是在"斗争取得阶段性胜利"之际，我们这群倒霉蛋被集中起来，等待发落的那一刻。

第一批名单公布时，所有人都屏息静气。头一个宣读的是某资方代理人，处理结果是：开除公职，送青海农场劳动改造。

那一刻，我只觉天昏地暗。被宣读的是别人，我却分明看到了自己的结局。

当时你七岁，谷农八岁，你母亲卧病在床。我的专业是会计，别的算不出，有一条我能算，那就是，一旦我被押送，你们母子三人面临的无疑是贫病交加、流落街头的境地。

我在第二批名单上，最终定性为"二级极右"，留厂监督劳动。对我来说，那已是苍天开眼，绝境逢生了。

你母亲没能熬过那段日子，早早撒手人世。我肝肠寸断，一度想随她而去。只因念及她临终嘱托：无论如何，要把你们兄弟俩抚养成人，才硬撑着活下来。

从飞虎队到中航公司，我经历过太多的永诀。许多年轻鲜活的面孔，早晨还一起说笑，晚上就回不来了。我们这一代人，按理说，应该把生死看得很轻。或许是负疚太深，对于你母亲的离去，我始终不能释怀。

前几日又梦见你母亲。梦是黑白的，而我和她依旧是年轻时模样。醒来天色微明，怅然不已。想起宋词里的句子，"尘满面，鬓如霜"。一别已是四十二年，也许在不久的将来，我们会再度相逢。

另：我打算明年三月份回国，上海也暖和了。谷农要上班，又要管我这个老头，也很辛苦。到时再与你商定具体事宜。

沈永泉
2004 年 12 月 9 日　悉尼

2005年5月21日,上海远洋宾馆,美国退役空军中尉爱德华·康姆亚迪见到了他的老战友,前中国军队的翻译官沈永泉。正值二战胜利六十周年,几位美籍飞虎队老兵受邀来到中国。报纸上说,两人"热情地拥抱,亲切地交谈"。沈次农以家人身份,见证了这历史性的重逢。

报道出来后,数家媒体找上门,要求采访,仿佛才意识到这些老兵的存在。有个女记者,一口一个"老英雄",让沈永泉颇有些受宠若惊。

在沈次农看来,父亲从没觉得自己干了什么了不起的事。山河破碎之际,弃我昔时笔,着我战时衿,不过是尽男儿本分,到后来,成了历史污点。多年来,他一直小心谨慎,生怕被翻出这旧账。得知飞虎队老兵来上海,他本不想去见,生怕给小辈添麻烦。沈次农对他讲,不要紧的,都过去那么多年了。老头一声不响,搬出《辞海》,翻到"陈纳德":"……帮蒋空运军队、武器,强夺中国两个航空公司在香港的财产。"

然而到了那一天,沈永泉没有丝毫的犹豫。清早,他擦亮了皮鞋,穿上最好的西装,对着镜子梳洗了半天。末了,把梳子插进内袋。

21岁的沈永泉坐在开往昆明的火车上,身前身后是万重山峦。他目睹了遍地疮痍的国土,和苦难深重的国民。他不知道,多年后,两个儿子会在相似的年龄,重新踏上这条路。人间已是沧桑巨变。

列车停下来。沈永泉和同伴下了车。年轻人舒舒筋骨,嬉笑着,朝前方的村庄走去。

第三部分

弄堂的瓦解

老房子像野兽，有脊柱，有肋骨，有呼吸，但没有心。五斗橱上的"三五"牌座钟，坏了很久，成空壳子，也随它去。住在这里的人，像失去了时间。

上海市区的老房子，近二十年来拆掉一大半，剩下的，一部分不能拆，一部分拆不动。前者是花园老洋房、新式里弄、整幢气派石库门，坐落于原法租界、公共租界旧址，梧桐掩映，旧上海的一张门面。当年住洋行大班、民族资本家，独门独院，奥斯汀汽车进进出出。天翻地覆后，工人阶级入住，隔成72家房客，巴洛克浮雕阳台上晾山芋干。除去两三条网红马路，平时少有游客光顾。逢周末和黄金周，外滩、南京东路、陆家嘴人潮滚滚，如沸如撼，此地静谧如礼拜二下午。后者，是棚户区、老街弄、"滚地窿"，其中不乏上海最核心的地段，诸如老城厢、文庙周边，是飓风眼，灯下黑。梦花街走进去，光启南路走出来，一路逼仄小弄堂，污水横流，违章建筑层层叠码，半空中挂几条鳗鲞。部分居民仍使用老式木马桶，平板车挂铃铛，每日清早来收。二层木质小楼，七八辆电瓶车挤在过道，墙上密密麻麻排了十几只电表。公用灶披间烟熏火燎，糖醋小排和油煎带鱼的香味久久不散，电灯泡上套塑料袋，黑黝黝的，像一只烂梨。房东大多搬出，每月微信、支付宝收账，租客来自五湖四海，附近卖菜的，卖鞋的，划黄鳝的，修电瓶车的，扫地的，送快递的，饭店打杂的，骑三轮车收旧书旧家具的……

看中此地的唯一理由，是房租相对便宜。木楼梯下的倾斜空间，2.4平米，照样挂牌出租，老早放马桶，现在安一张单人床，月租400元。也有留守的本地老人，穿软底布鞋，走路悄无声息，像一只猫。夏天乘乘风凉，冬天孵孵太阳，竹椅木凳，粗茶淡饭，度此余生。上了年纪的，不再一瘸一拐去菜摊，用生硬的普通话讨价还价，每日安心守在家门口，等居委会中午送饭来。十二块一顿的"爱心老人餐"，一大荤一小荤两素一汤。吃掉一半，晚上热热再吃，剩下的第二天早上烧泡饭。也是过。犄角旮旯里，藏身若干足浴店、按摩店，工作室兼卧室。上午10点半，老板娘施施然起床，挑开粉色窗帘，四顾睥睨，啪一口浓痰，落在三米外的街上。很难想象，一条马路之隔，是均价过十二万的顶级豪宅。房东们的白日梦，是拆迁办来人，对话老早构思好了，"我又不想搬的喽"，"对此地有感情"。一间阁楼，祖孙四代，挂十几只户口。果真来过几拨开发商，一问价格，被吓回去了。哪家老头子等不到拆迁，一脚去了，那哭声就格外响亮。

如今的港汇、梅泰恒、静安嘉里、iapm，当初莫不是密密麻麻的弄堂。老虎窗望出去，黑砖层层叠叠，直铺天际。外婆昔日的本事，是带我横穿弄堂，左冲右突，搜索两点之间最短的曲线，计算机般精确。我拉着外婆的手，晕头转向，迷失在砖瓦的海洋里。

舅舅曾在弄堂口撞见过张瑜，那是八十年代初，《庐山恋》火遍大江南北。"周筠"戴墨镜，头发精心做过，大衣围巾，拎一盒"凯司令"蛋糕纸盒，大年初一下午，给某位落难老导演拜年。二十岁出头的舅舅如遭雷击，失魂落魄良久。以后每个大年初一下午，舅舅寒风中伫立弄堂，却再也没遇见过。

一般对上海人的误解，一是小气，二是优雅。老克勒或者老金枝老玉叶，西装笔挺，旗袍贴身，咖啡吃吃，舞跳跳。是个别现象。上海滩的真正特产，是"模子"。所谓模子，是对有担当男人的尊称。此外还有"瘪三蛮有腔调的"，是对弄堂界的极高褒奖。上海有两种模子。一种，马路上打相打，另一种，窝里厢（家里）打沙发。舅舅结婚时，一帮赤膊兄弟来帮忙。他们偷偷开着厂里的卡车，到郊区农场拉来砖头和木料；自己锯木头，打家具，上油漆；自己砌墙，铺地板，搭阁楼。舅舅没钱谢大家，每天完工后烧一桌子菜，再搬来一箱啤酒。一帮男人喝酒吃肉讲笑话，那是最快活的日子。

后来，没有后来，后来各奔东西。有人北上求学，有人南下去深圳和海口，有人赴日本打黑工，有人移民澳大利亚，剩下的，随老房子拆迁，散落到上海各郊县。连绵弄堂一朝瓦解，对，就是这个词——瓦解，一爿黑瓦自高处跌落，顷刻粉碎。

圈地，拆迁，盖高楼，房价狂飙突进十年，多少悲喜剧上演。九十年代初，舅舅分到崂山新村的一室户。房子在浦东，十六铺轮渡过江，舅舅不开心，转手十万块卖脱，雄心勃勃，全部砸进股市里。紧接着就是94年大熊市。前段时间，舅舅一个人去了趟崂山路，回来闷了好几天。舅妈说，气人吧，现在算陆家嘴板块了，三百万买不回来。

房子太贵了，成为数字概念。上海街头，身家几百万的下岗工人、低保户，满目皆是。想得穿的，房子卖脱，报夕阳红旅游团，回来蹲养老院；想不穿的，照旧勤谨度日，守着这一砖一木，将来留给子孙。房价深刻地影响了上海人的消费观。攥一把退休金或者下岗工资，立在橱窗前，看灯光下的酱鸭和鱿目大烤，扪心自问，省这点铜钿，买得起房子伐？又问，花这点铜钿，需要卖房子伐？于是默默付钱。

开差头（开出租车）的爷叔讲，家里有四套房子，一套打浦桥，一套田林，两套宝山，爷叔骄傲地说，都是全款，阿拉不问银行借钞票的。九十年代初，差头司机是肥差，月收入顶普通工人干一年。钞票多了，难免犯生活错误，小兄弟叫，敲背去，去不去？这次敲小背（按摩），下次就敲大背（嫖娼）。侬讲，我不敲了，我先走，可能吧，面子要伐，以后哪能混。爷叔叹口气，不是男人要犯错误，是错误找上门来。

老婆哭闹一场，提出离婚，爷叔一看形势不对，赶紧踩刹车，麻将也不搓，背也不敲了，老老实实开出租，有点钞票就买房子。彼时楼盘，用现在的眼光看，便宜得令人发指。如今爷叔身家两千万，照样开差头，一天隔一天出车，早出晚归。不然能干吗？待在家里，老婆看多了要触气（厌烦）；孵沙发看电视，容易得老年痴呆；朋友知道你有两个铜钿，有些搞七捻三的，就鼓动去P2P；出国旅游一趟，法意瑞十日游，大巴车拖来拖去，还是阿拉上海好。狭隘的大上海沙文主义。

所以呀，伊总结，还是开开差头，赚点小菜铜钿，过过小日脚，算了。

午后三四点，天气闷热，香樟树散发浓烈的气息。小马路边摆出一张方桌，四十几岁女人，碎花衬衫，七分睡裤，桌边剥毛豆子。男人穿polo衫，领子竖起，头势清爽，歪坐一旁讲笑话。讲到精彩处，喉咙压低，凑到女人耳边。女人哧哧穷笑，忽然用力拍男人一掌，讲，十三点。

上海老绅士，寒风中排队买早点。黑色羽绒服，蓝灰羊绒围巾，银发一丝不乱。排到了，说，老花头，一碗咸浆，咸大饼加油条，谢谢。音色浑厚低沉。餐巾纸揩塑料凳，坐下，解围巾，豆浆里舀辣油。吃完，手帕擦嘴，塑料凳归位，走人。四座低语：后弄堂的，交响乐团老先生，卖相灵（相貌好）吧？年纪轻的辰光，花头浓得不得了。现在不太出来了。

弄堂的瓦解

那天饭桌上，舅舅讲起一桩旧事，说闵行区曾经有一条雅致路，上海话读起来像"野猪猡"，民愤太大，于是改名叫开心路。舅舅说，晓得吧，上海人不要雅致的，只要开心。开心就好了。

武林往事

赵经纬十二岁，师父对他说，你是聪明人。他打完一套罗汉十八手，收势，垂臂松肩，迎风站立。风自黄浦江来，对岸是外滩，万国建筑博览会，见多了，也就习以为常。听到师父夸奖，赵经纬心中欢喜。师父说了第二句话，太聪明的人，学不了武，武是笨人的功夫。

陆家嘴得名自明代重臣陆深的故园，黄浦江在此一折，向东流去。如今提到陆家嘴，寸土寸金之地，上海滩新地标，东岸升起的璀璨星球。百年前，此地是另一番热闹景象。上海开埠后，陆家嘴地区人口激增，码头、工厂、仓库鳞次栉比，棚户、砖瓦房层层叠叠。浦东开发之前的漫长岁月，隐没于本地居民的记忆中。在赵经纬小时候，浦东人到浦西，叫"去上海"；但在陆家嘴，从来只说"过江去"。

赵经纬的家在陆家嘴荷花沟，如今汤臣一品的位置，近黄浦江码头，民风尚武，人称"小梁山"。解放前，码头工人争夺地盘，常爆发群体性斗殴，叫"抢码头"。男人操练拳脚，是生存技能，也是社交方式。以少林拳为主，兼有八卦掌、八极拳、通背拳、形意拳、心意六合拳……练出名堂，江湖上便有了诨名，"蹲山虎某某""双钩子某某"，神气得很。和所有男孩一样，赵经纬梦想着，有朝一日拥有自己的名号。

八岁起，他跟着邻居家拳头师父学少林拳，每月学费五毛。四点起床，站桩踢腿，一直到天亮，晚上去师父家复课，日日如此。学武有句老话，一天不练，三天白练。一双橡胶底运动鞋，不到一个月磨穿了。为了省钱，他就光脚练功。时间久了，脚底磨出厚厚的茧子。

师父严厉。马步没扎紧，师父慢悠悠踱过来，猛扫一腿，啪，摔地上。偷奸耍滑，师父会用竹刀片抽，火辣辣疼。夏天，师兄弟几个出门，腿上一条条血痕子。爹妈不能过问，这也是规矩。

大师兄年长几岁，等于带头大哥。大师兄强横，脾气暴躁，讲话斩钉截铁，除了师父，天不怕地不怕。同辈人若排座次，大师兄一定是当仁不让，奔着头把交椅去的。

二师兄黑皮，人精瘦，柔韧性极好，能用脚板抽人耳光。黑皮仗义，夏天带几个师弟，夜里越过浦东南路，到农民地里偷黄金瓜。农民告状到师父那里，黑皮一人承担。为此挨了师父一顿竹刀片，黑皮一声不吭。

赵经纬排行老三。一众师兄弟里，师父最喜欢他，脑子活络，学招式快，自己会琢磨，能举一反三。别人练半个月没入门，他几天功夫就有模有样。加之浓眉大眼，相貌堂堂，女同学说，他有点像《英雄虎胆》里的我军侦察连连长。

红喜耿直，拳路也刚猛，硬打硬进无遮拦。红喜练功最刻苦，别人练三遍，他练十遍。两只脚搁在桌子上，做俯卧撑，肋骨根根凸起，一组五十个。汗水沿着背脊倒淌，越过肩胛，吧嗒吧嗒滴在泥地上。

东泉长了张圆脸，眉毛又黑又粗，笑起来憨态可掬。东泉脾气好，作为师弟，常被师兄们差遣。去浦东公园练武，枪械照例归东泉搬，大热天，忙得一头汗。东泉笑笑讲，伊拉吃吃我（他们欺负我），有啥办法。

娃娃是师父的女儿，大伙的小师妹。师父说，原本没打算教娃娃，小姑娘练哪门子武，是娃娃硬要学。娃娃练武极认真，有股子劲，一招一式使十分力。跟师兄们比试，娃娃胜多负少。当然，师兄们有理由讲，小师妹嘛，总归让让她呀。

师父有个同门师弟，家住浦东高行，也教武术。一回，师父让赵经纬和红喜去趟高行师叔家，娃娃吵着也要去。赵经纬和红喜骑上车，娃娃坐在红喜后面。快到高行，柏油路变成土路，两边是大片的油菜花。赵经纬和红喜一路高谈阔论，唾沫横飞，浑然不知小师妹已被颠下车。娃娃坐在地上，气笑了。等两位师兄发觉不对劲，才喊着娃娃的名字，一路寻回来。晚风吹拂，红霞满天，三人打打闹闹。那真是愉快的一天。

俗话说，穷文富武。要练武，首先伙食得有保障。荷花沟有一户殷实人家，重金请聘来名师，教小孩西凉掌。名师是安徽亳州人，一顿能吃十个鸡蛋，外加大烙饼。逢年过节，酒肉自然少不了，此外还有学费、路费。等小孩学成武艺，家也败得差不多了。赵经纬发育那几年，赶上粮食匮乏时期。爷老头子（赵经纬的父亲）参加过中统，属于严重历史问题，几次运动一来，家境跌落至赤贫。饿得发慌的时候，赵经纬就对着水龙头，咕嘟咕嘟灌一肚皮凉水。长大一些，难得有几毛零花钱，他就去买猪油渣。掰一小颗在嘴里，满嘴油香，可以砸吧许久。至于猪头肉，过年时才能觅得几片，是他心头的无上美食。

奶奶会做酱豆子。挑选饱满的黄豆，浸泡后下锅煮，捞起沥干水分，裹一层棉被，静置于阁楼一角。半发酵的酱豆子，色泽深黄，口感近似纳豆。炒菜或拌面里添上一勺，软糯可口。赵经纬偷偷爬上阁楼，掀开棉被，抓一把塞进嘴里。酱豆子营养价值高，又能扛饿。奶奶没说过他。他知道，奶奶是知道的。

市少体校武术队招生。除了大师兄年龄超标，他们几个都去了。全市一百多苗子，最后录取八人——四男四女，其中有娃娃。师父大得意，女儿吃上公家粮，又狠狠替他挣了脸，为此大摆酒席。师父喝多了，踉踉跄跄，不忘安慰失意的徒弟们：拳练一路、演一路、打一路，不是一码事——你们能打，是真功夫。赵经纬一肚皮的羡慕和不甘，醉得人事不省。

师父讲，旧时练武之人，不外四条出路。一是设武馆，如霍元甲创办上海精武体操学校（后易名"上海精武体育会"），陈微明创办致柔拳社。二是开镖局，师父的师父，是大名鼎鼎的"得胜镖局"总镖头，走南闯北，威风八面。三是当护卫，比如"南北大侠"杜心五，做过孙中山、宋教仁的贴身保镖。四是摆摊卖艺，形意拳大师白云飞，曾带着年幼的女儿在蓬莱公园、城隍庙一带卖艺，自行车横杆绑了刀枪棍棒，挎包里装了三节棍和九节鞭。赵经纬记得，东昌路有个武师，寒冬腊月天，先赤膊打一套拳，随后用铁丝缠住身体，发力绷断，血迹斑斑。此时拿出几贴"祖传"膏药售卖，往往一抢而空。至于敲诈勒索，恃强凌弱，形同流氓，为武林人所不齿。师父说，现在是新社会，人人有工作。师父本人，供职于浦东自来水厂保卫科，负责看大门。师父又说，社会主义，不搞拜师这一套，"师父"两个字，等于压舱石，嘴上不说，心里要记牢。赵经纬低下头，说，记牢了。

除了传统武术，荷花沟还风靡过石担石锁。码头工人，也叫"杠棒工"，肩上一百多公斤的棉花包，健步如飞。空闲时，三五人聚拢，举石担，玩石锁。烂泥渡路有个朱师傅，绰号"朱大力"，一身虬结肌肉，扛着膀子走路。赵经纬见过朱师傅架肘。八十斤的青石力锁，高高掼上半空，用肘稳稳接住，使的是软硬劲。再度碰见，朱师傅得了肝病，站在巷子口，背佝偻着，肌肉依旧显赫，脸色已经蜡黄。赵经纬叫，朱师傅。朱师傅咳嗽一声，说，小赵啊，你可晓得，这身肌肉哪里来？他摇头，不晓得。朱师傅指指胸口，说，从心里来，从肝里来。朱师傅说，年轻时拼命练肌肉，营养跟不上，身体就亏空，现在，吃不消了。接着一阵剧烈的咳嗽。一个月后，听到朱师傅去世的消息。

二十世纪六十年代，上海街头流行"配模子"。模子，来自工业术语，此地指身高体重，大致一个量级，可以交手。各个门派，包括少林、形意、心意、八卦、八极、散打、江南船拳、西洋拳击、蒙古式摔跤，乃至种种野路子打法，均可同场竞技。荷花沟小梁山声名在外，常有人前来搦战，老南市，老闸北，三湾一弄，杨浦定海，青浦朱家角……彼此不买账。一般骑自行车来，跟班众多，风尘仆仆，绿色军用水壶灌了凉白开。报上姓名，师承何方，讲明切磋为主，不伤和气。假姿假眼，道一句"向侬学习"，实际下狠手，招招不留情。规则？几乎没有规则，不插眼，不掏裆，别的随便。也没有裁判，打到最后，站着的那个人获胜。

师父讲，不准私下比武。他们晓得，师父讲讲的，打赢就没问题。大师兄说，两只拳头，一身力气，好比铁匠的榔头，农民伯伯的锄头，是吃饭的家生，能打的相打一定要打，不能打，创造机会也要打。印象中，荷花沟基本没输过。一般轮不到大师兄出手，赵经纬和黑皮可以搞定。只有一次，对方来头不小，自称八卦掌某支传人，与黑皮鏖战，斗了个平手。惹恼了场边观战的红喜，一声暴吼，冲上去就打。逼得对方连连后退，一脚踩空，跌落河浜。

朋友找赵经纬帮忙，说军帽被抢，肇事者是通背拳高手。赵经纬一听来了劲,专门逃一天学,坐轮渡到浦西,找到那人,一记头将对方打趴下。前拥后簇回去,觉得"很神气很光荣"。

也有纯粹的江湖恩怨,不讲武德,不存在切磋。事先侦查好,此人住哪条弄堂,放学走哪条路。带三四个人过去,路口把风。碰到大热天,有专人负责买冷饮,骑部自行车,挂一篮头盐水棒冰,一根根发过来。目标出现,远远跟随。这人发觉不对,为时已晚。前后逼近,堵在小弄堂,上前一顿拳脚,扬长而去。

更大的阵势是群架。少则十几个,多则上百。开打之前,一般有中间人出面调停。中间人年长几岁,讲话有分量。两边若各退一步,危机化解,握手言和。这时有人喊一句,走,吃生煎去,我请客。一哄而走,皆大欢喜。谈判破裂,中间人退出。废话不多,直接开打。角铁,扳手,三角刮刀,一端削尖的钢管……铁器砸在骨头上,发出沉闷的声响。打输的一方,散入街巷,四下逃窜(事先侦查好路线)。赢家象征性追杀几步,得胜归朝。

架打多了,免不了要进"庙"里。"庙"指区一级公安局,黄浦分局叫"黄庙"(当时陆家嘴归黄浦区管辖),比"老派"高一只档次。几番进出,江湖上便有了炫耀的资本。

那天大师兄说,有个啥人,狂得很,不把我放眼里。赵经纬自告奋勇说,师兄放心,我去教训他一顿。他带上红喜和东泉,在东昌电影院门口截住了那人。对方一看架势,登时放软档,连声赔不是。赵经纬有点意外,犹豫一下,没好意思动手,让那人走了。

见他们几个回来,情绪不高,大师兄问,情况哪能,断伊一只手,还是一只脚。赵经纬说,没打。大师兄盯着赵经纬,说,没打。赵经纬说,赤佬已经买账,再打没意思。大师兄嗤笑一声,说,人少不动手,人多还不动手。赵经纬想争辩,大师兄摆摆手,走了。

从此大师兄冷落了他。不止一次,当着众师弟的面,笑他怂包,没胆,枉学这么多年功夫。习武之人,讲究"一勇二胆三功夫"。勇,是面对已知的困难。岳飞武艺高强,"勇"冠三军。胆,是面对未知的困难。武松过景阳冈,一无所知,亦无所惧,"胆"大包天。说一个武人没胆,是奇耻大辱。一般电影演到这里,接下来是同门对决。可是并没有,有的只是渐行渐远。

赵经纬告诉黑皮、红喜、东泉,从此不踏进大师兄家一步。大师兄曾有恩于他,经此波折,一笔勾销。只是,以后万一,大师兄出了事体,或者有啥需要他帮忙的,"随时跟我讲"。

1966年初,娃娃所在的体校武术队解散。同批解散的,还有技巧队(类似杂技)和国际象棋队,队员被安排到各中学就读。大约是觉得,练武术的人都不读书,接纳武术队的,是这一片最声名狼藉的学校。

废了,多年后,娃娃这样评价自己。生性要强的她,若正常参加升学考,至少能上区重点。或许也没多大区别。那个春夏之交,红旗招展,战鼓喧天。老师一个个被轰下讲台,校长戴着纸糊的高帽游街。男生忙着武斗，捍卫这个捍卫那个。听说娃娃会武术，各方都来拉拢。师父知道了，坚决不允许。娃娃想顶嘴，师父丢下一个字，敢！

领袖一声令下，百万青年下乡。彼时，大师兄已顶替进上钢三厂，当一名学徒工；东泉和娃娃年龄尚小；剩下几人，插翅难逃。师父召集徒弟们吃饭，每人面前摆一只海碗，斟满七宝大曲，包括娃娃。师父举起酒碗，用苏北话说，革命形势一片大好，看样子，不能教大家功夫了。娃娃低下头，眼圈红了。师父接着说，好儿女志在四方，我是支持的，以后，不论哪块，师兄弟一场，情分不能忘。黑皮喊一声，师父。师父举起酒碗，一饮而尽。

锣鼓与号啕声中，火车缓缓开动。一天一夜，抵达淮北某县城。赵经纬下车，只见建筑灰暗破败，满眼荒芜。卡车换驴车，送他们到各生产队。黑皮去江西，农闲时教人武术，好歹吃喝不愁。第二年，红喜奔赴黑龙江军垦农场，冰天雪地中，与天津知青、哈尔滨知青械斗，成为当地有名的狠角色。

在淮北，为争抢晒场、水渠，时有纠纷，拳头比语录管用。赵经纬问村里人，此地谁最能打。人家告诉他，有个上海知青，额头有红色胎记，绰号"鹤顶红"，手上有功夫，纠集数人，常年盘踞县邮政局门口。别的知青，领到汇款或食物，主动上交一份，不然就挨打。赵经纬冷笑，说，鹤顶红。他打听到对方所在生产队，带两把磨尖小刀，寻到地方，门一关，丢一把过去，对杀，敢吗？对方认了怂，从此销声匿迹。

返城大潮中，赵经纬回到上海。爷老头子托了关系，安排他去某中学当体育老师。黑皮和红喜也相继回城，相继进里弄加工厂，整日缠铜丝，剥蚕豆。东泉技校毕业，进国棉十厂，当一名电工。听东泉讲，大师兄关在"庙"里。东泉说，大师兄进出不止一回，罪名是教唆斗殴，等于幕后黑手。此番公安局放出风声，怕是要重判。

市里举行太极拳比赛，几个同事知道赵经纬会武术，怂恿他参加。赵经纬没学过太极，观摩之后，觉得并不太难，便不知天高地厚地报了名。他有少林拳基础，加上插队落户期间，跟几个山东知青练过摔跤。触类旁通，再突击套路，效果不凡。一组42式套路，行云流水打完，全场喝彩，拿下业余组第一名，看台上坐着武术局领导。半个月后，赵经纬调入市武术局，任专职教练。

八十年代，《大侠霍元甲》《少林寺》热映，全国掀起一股学武热潮。电台一天到晚播"万里长城永不倒，千里黄河水滔滔"，要么就是"耕田放牧打豺狼，风雨一肩挑一肩挑"。浦东公园、复兴公园、虹口公园空地上，到处杵着站桩的后生。各种官方的、民间的武术培训班层出不穷。赵经纬和同事办了个擒拿格斗班，大受欢迎，哪知公安找上门来。警察同志讲，现在社会上这么乱，你们这个班，不是给我们增加工作难度嘛。赵经纬说，是的是的。警察同志又讲，不如这样，我们有些同事也需要培训，要么你来我们内部开个班，外头就不要搞了。

回家告诉妻子，自己当上"八十万禁军教头"。此后常驻警队，从站桩、抗击打，到散打、擒拿格斗、一招制敌，什么都教。学员水平参差不齐，有文案书生，也有练过的愣头青，指名要和赵经纬"比画"。他微笑，迫不得已时出手，露一两招功夫，赢得一片叫好。第二天肩膀疼得抬不起来，人前依旧昂首阔步，若无其事状。回到家，妻子给他敷贴推拿，一边开玩笑说，教头不好当，教头娘子更不好当。

数年后，赵经纬随武术局访问新加坡。出发前，领导找他谈话，说你要做好心理准备，资本主义可能没那么腐朽落后。一下飞机，他就明白了领导的意思。新加坡的现代程度，让九十年代初的上海人望尘莫及。赵经纬印象深刻的有两件事，一是街道整洁干净，"马路比阿拉客堂间还清爽"；二是年轻人结婚就有房，当地人叫"组屋"，每月从工资中扣除一部分，数年后还清。赵经纬女儿出生不久，跟妻子、父母、弟弟挤在荷花沟十几个平方的鸽子笼，诸多不便。至于摩天大楼、超级市场、设施先进的武术馆、早餐供应的咖啡和吐司、新加坡人的谈吐理念，无不让他开了眼界。他在心底认定了，在武术局混下去是没有前途的。新的时代即将到来，他要凭自己的本事，去拼，去闯，让妻女过上好日子。半个月后，一脚踏出虹桥机场，恍若隔世。第一桩事体，是东拼西凑，借了当时看来是天价的一笔钱，动足脑筋，买下崂山路一套内销商品房，从此搬出老房子。

第二桩事体要复杂一些。那阵子，赵经纬结识了一位武林前辈，还请老先生来新家住过几天。老先生练心意六合拳，年过七十，鹤发童颜，见他聪颖好学，颇为欣赏。每天晨起，赵经纬跟着老先生学功夫。夜里喝酒，剧谈古今，肆意快乐。他听人讲过老先生的故事，年轻时失手打死乡里恶霸，孤身逃到上海，隐姓更名，拜入心意拳大师门下。白天做挂炉烧饼，早晚练拳。老先生说，心意拳是至刚至猛的拳术，所谓恨天无把恨地无环，发力时，怒发冲冠，齿能断金，"噫"一声，出尽心中恶气。老先生说，传统功夫重实战，走镖、护卫、上战场，赌的是性命。习武之人，自幼须苦练排打，类似拳击中的"抗击打"，练到肘腕坚硬似铁。现在，老先生叹气，哪里去寻一张实打实的擂台。他听得入迷。老先生又讲，学武其实不难，诚心正意，守住自己的一寸天地，日复一日便是，不用想那么多。赵经纬叹服不已，当即浮一大白。

黑皮来串门，见到老先生，不禁技痒，硬要"请教"。两人在客厅摆好架势，老先生打出一招"熊形单把"，黑皮自恃勇猛，没撤劲，硬生生接了这一式。结果被击飞三四米，震碎身后的门板，半天爬不起来。

那日，老先生正了脸色，缓缓说，赵先生，我收你当关门弟子，尽传你一身功夫，你看如何？赵经纬讪讪答，可是我想下海做生意啊，怕没有时间。老先生愣住了，半晌，苦笑一声，转身离去。他在心里喊：老先生啊，时代不一样，拳头没用了，如今靠这个，铜钿！

赵经纬最终下定决心，辞职，开公司。凭着武术圈的人脉，生意一点点做起来。体制内厮混多年，见惯各种套路和虚招子，相较之下，生意场才是真正的刺刀见红。比起那些虚无缥缈的大师名号，真金白银实在多了。

他想，老先生一定对他失望透顶，以至于老先生仙逝第二年，他才辗转听说了消息。他错愕当场，说不出话来。那天夜里，怎么都睡不着，干脆起身下楼，打一套鹰捉虎扑。心与意合，意到拳到，劲贯周身，此刻当暴喝一声，他生生憋住了，怕吵到周围邻居。赵经纬瘫坐在地，大汗淋漓，悲伤地想，自己到底是个俗人，只能做俗人的事情。阴差阳错，辜负老先生错爱。这笔账，算不清了。

师父晚年，酗酒吃斋，一身功夫尽废。每日三顿白酒，每顿一斤多，睁眼开始喝，神情靡顿，如行走雨中。大师兄出狱，被工厂除名，靠一点江湖名声，替人解决纠纷，换几钿报酬。有段时间在夜总会当保安头头，后腰插着双节棍。别人工资一两千的时候，他拿一两万，意得志满，不可一世。没多久，因出手伤人丢掉工作，外加赔一大笔医药费。听说小孩不学好，染上毒瘾，发作起来六亲不认。大师兄无可奈何。

东泉讲，不想在厂里做了，妈的没意思。东泉的祖父曾是江湖郎中，东泉也想从医。当时有专业夜校，只需通过执业资格考试，便能当医生。黑皮笑话他，就你这脑子，肯定考不出来。赵经纬鼓励东泉，要抓住机会，又帮忙借来复习资料。东泉通过考试，成为一名放射科医师。放榜日，东泉请赵经纬喝酒。师兄弟相对持觞，大醉一场。

红喜辞去里弄加工厂的工作，借了一笔钱，偷渡日本。先在横滨中华街干后厨，后来据他说，在北海道开了一家武馆。红喜讲起来，眉飞色舞，精武门一样的传奇，穿插若干东瀛女子仰慕的情节，为国争光了。那是在十年后，红喜返回上海，请师兄弟几个KTV小聚。赵经纬立起身，敬红喜一杯，恭维几句。灯光下，红喜明显苍老，四十出头，眉毛已经白了。

浦东开发按下启动键，光陆家嘴核心区域，就迁走了两万户居民。烟草机械厂、立新船厂、国棉十厂、利华造纸厂、浦江橡胶厂、导航仪器厂、上海钢球厂、上钢三厂，包括上粮一库、纺织原料公司仓库、公交汽车五场……统统搬光，拆除建筑百万平方米，等于再造一座城。拆迁是逐步推进的，有的房子昨天还在，今天就只剩下瓦砾。老街坊们，眼睁睁看着，时代的潮水冲垮了旧街巷和老厂房，将他们送到遥远荒凉的"新公房"。邻居家谢老太，刚搭了两层楼，拆迁人员过来一看，不算面积。谢老太就坐在门口水门汀上哭。后来人被拉走，房子也拆掉了。荷花沟一带的居民，大多迁往十几公里外的金杨新村。头一件要适应的事，就是交物业费。许多人想不通，为啥住自己的房子还要交钱。一直到现在，金杨新村的很多老人，多年来坚持不交物业费，觉得是欠他们的。

钢球厂搬迁时，效益已经不灵了，部分厂房租给私人。其中一家租户不肯走，狠三狠四，自称黑社会，向厂长索要十万元赔偿金。厂长不答应，对方把茶泼到厂长脸上。几日后，厂长下班路上，被人塞进一辆面包车，绑至某个废弃厂房。对方威胁，不答应条件，别想完整回去。厂长讲，我从不在胁迫下谈判，要谈，坐下来好好谈。僵持数日，厂长软硬不吃，对方只好放人。

厂长请赵经纬帮忙，他想到黑皮。听说黑皮这几年做拆迁，风生水起。所谓"做拆迁"，名义上解决纠纷，实际不择手段，恫吓钉子户，推动工程进度。黑皮凶神恶煞，往人前一站，不怒自威，那么接下来比较容易谈。若发生肢体冲突，黑皮出手，一招制服。加上黑皮为人仗义，好交朋友，酒量惊人，提到"荷花沟小黑皮"，附近没有不知道的。

赵经纬找到黑皮，事体一讲，黑皮懒洋洋说，啥人啦……没听说过嘛。一个人寻过去了。对方一看黑皮来，当即表示，十万块不要了。黑皮说，要赔医药费。对方说，就赔医药费。黑皮说，要赔礼道歉。对方说，就赔礼道歉。只有一个要求，当晚越秀酒家摆下筵席，黑皮务必赏光。

赵经纬整日奔波，操心公司事务，自八岁起每日练武的习惯，自然搁下了。某个寻常下午，他心念一动，想去看看老房子。车停在杨家宅，绕过一排几层楼高的广告牌，巨大的工地袒露出来。打桩机轰响，尘土飞扬。凭借巷口仅存的一棵大槐树，他认出了从前的家，此刻是废墟一座。爷老头子、师父、红喜都已经搬走，娃娃嫁人，东泉住进医院分的房子。黑皮，黑皮不用担心的，人家认得动迁办的人。赵经纬感觉到，往日的生活正在瓦解，化作齑粉，随风飘散。再也没有荷花沟了，他想，包括脚下的碎石与杂草，附近的水井、馄饨摊和剃头店，晾晒衣服的竹竿，墙角摆放的马桶，路边摔跤的少年，日光下剥毛豆的阿婆，一起消失。也不再有烂泥渡路、田度路、沈家弄，取而代之的，是熠熠生辉的银城路、浦城路、商城路。抬头看，东方明珠已经竣工，像迪斯科厅的彩球，闪耀着金属质感的光芒。再往东，是一个巨大的深坑，据说要建世界第三、亚洲第一的高楼。他笑笑，跟阿拉有关系吧。

那天接到师母电话，师父走了。上一回中风后，师父落下偏瘫，走路不稳，照旧偷偷喝酒。一旦被发现没收，大发雷霆，家中碗碟基本敲光。到后来，师母和娃娃只能眼开眼闭，随他去。师母轻声说，你师父走得快，没吃什么苦，是菩萨保佑。赵经纬点头，隐约听到娃娃的哭声。

要再过许多年，他才懂一点师父。师父年轻时，投师名门，意气风发。学成之日，正逢江山剧变，一身武艺没了用处。经重重审查，证明是人民群众，准许进工厂，做一份看大门的工作。私下收几个徒弟，赚一点酒钱。酒精和菩萨，是他抵抗命运的力量。

黑皮老了，胖了一圈，一身杀气褪尽。每天坐在朋友饭店里吃茶，笑眯眯，漆黑慈祥。有客人酒后斗殴，黑皮习惯性上前拉架。混乱中，碎啤酒瓶扎进肚子。黑皮委顿倒地。赵经纬闻讯赶到，肇事者已经逃离。他从没见过黑皮的脸这样白。救护车姗姗来迟，他抱着黑皮，指缝里是温热黏稠的血，眼睁睁看着黑皮没了呼吸。

红喜膀胱癌，发现已经晚期。几番化疗后，人像脱了一张皮。病房里，红喜跟每一个病友吹嘘在日本的事迹，"一个打几个"。妻子摇他，好来，歇口气，不要再讲了。红喜喘息，片刻后活泛起来，吵吵着要和邻床切胃的老头打赌，还能做多少个俯卧撑。

东泉打来电话，说大师兄快不行了，去看看吧。赵经纬一呆，说，好。多少年没见了，病床上的大师兄骨瘦如柴，眼眶深陷，身上插四五根管子。看见他俩进来，大师兄撑起身体，哑着喉咙说，坐，坐，声音像砂纸。赵经纬赶紧说，不忙。大师兄笑笑，说，废人一个，以前，什么力气。说了一会闲话，大师兄望向赵经纬，说，我知道，你很能打的。他不响。大师兄说，老底子，我们两个最谈得来，后来，是我脾气不好。他摇摇头。大师兄说，他们都骗我，讲我快好了，一天天好起来，其实，我自己知道。大师兄笑，露出一颗黄牙。赵经纬心中酸楚，东泉背过脸，偷偷拭泪。大师兄又说，我们这些人里，数你最有本事。我这个小囡，太不争气，骂也骂不听，以后我不在了，你若是方便，有些事情托他一把，师兄谢谢你。大师兄挣扎着要下床。众人忙劝阻。赵经纬扶住师兄，以前不讲了，师兄放心，今天有我这句话，小家伙的事，我管到底。

赵经纬公司做大，生意顺风顺水。崂山路房子出手，搬进独栋别墅。四百多平方，前后两个花园，满目苍翠。庭院种了两株罗汉松、一圈杜鹃、一棵戚爪枫。暮春时节，杜鹃开得如火如荼。沏一杯浓茶，落地窗前坐定，有几分得意，新加坡一幢这样的房子，要几钿？

上海举行全国武术大赛，赵经纬的公司是主要赞助商。签下合同那一刻，他笑了，名字前面印着"董事长"，仿佛年少时心心念念的江湖名号。多年不练拳，体态发福，塞进一套定制毛呢西装，忽然想起那句"穷文富武"。原来天下第一的武功秘籍，是账本。

这天，赵经纬坐在自家院子里。公司事务有女儿打理，不需他多费心。每日喝茶、写字，修剪花草，陪妻子看谍战剧。午后陷在沙发里，打长长的盹，醒时已暮色四沉。肩胛隐痛，似旧伤复发。晚饭后，他刷了会短视频，跳出马保国的"闪电五连鞭"，弹幕里骂声、嘲讽声一片。他想了想，觉得这是个聪明人。他现在不喜欢聪明人。

上海足球往事

这座城市，有过为足球万人空巷的记忆。

1974年9月，越南人民军足球队访问上海，对阵上海队。

人民军足球队是越南最强队，几乎是全"国字号"，在苏联教练的调教下，成为东南亚首屈一指的劲旅。苏联教练放话，以这支球队的水平，足够"横扫中国"。

迎战上海队之前，人民军足球队在中国踢了七场球，五胜二平，包括击败八一、广东等强队。一时舆论哗然。正值中苏、中越关系微妙之时，这场比赛"许胜不许败"。

为了备战，上海队临时补充了多名球员，其中包括来自国棉十七厂的范九林。

范九林高高瘦瘦，技术出色，爆发力极强，司职中场，也能顶上锋线。他曾入选国家青年队，准备报到时，却因"家庭成分"被取消资格。后来上海队需要补充一名球员，范九林的竞争对手，一个叫徐根宝，一个叫朱广沪。

上海队最终选择了范九林。无奈之下，徐根宝去了南京部队队，朱广沪去了广州军区队。多年后，徐根宝和朱广沪先后成为国家队主教练。老兄弟见面时，范九林不忘调侃几句，"哟，你们现在发达了。当年球没我踢得好，现在教练员当得响当当"。

1966年，上海队解散，范九林下放国棉十七厂，当了一名钳工。这家工厂素以工人足球闻名，范九林就在厂队踢球。三年后，他的儿子呱呱坠地。假以时日，这个小家伙将成为亚洲足球先生、中国足球的领军人物。他叫范志毅。

1972年，方纫秋重组上海队。不久，上海队赴非洲打友谊赛，又一次，范九林因场外因素排除在名单外。一气之下，他退出上海队，重返十七厂。此番越南人来家门口搦战，上海队再次征召范九林，颇有些大敌当前、唯才是用的意思。

9月6日下午，比赛在虹口体育场打响。范九林替补登场，看台上一片欢呼。临近终场，比分还是0∶0。此时，上海队右边锋带球沉底传中，接应中锋遭对方三名后卫逼抢。眼看球向禁区外滚去，后门柱杀出10号顾兆年，迎球怒射，球进了！全场沸腾。

凭这粒进球，上海队1∶0击败越南人民军足球队。

之后，人民军足球队在中国又踢了四场比赛，全胜。虹口之战成为他们此行唯一的败绩。

这场比赛是中国"足球外交"的一个缩影。冷战背景下，足球不可避免被诸多政治因素裹挟。事实上，1949年后，有多支国外足球队访问中国，上海是必经的一站。

1954年，匈牙利国家混合队访华。匈牙利队是当时世界足坛的头号霸主，一招"424"横行天下，一度连赢33场国际比赛。当时匈牙利国家队在埃及参赛，来中国的这支球队，被称为匈牙利三队。在上海，他们先是以3∶0取胜华东体院队（上海队的前身），后分别以8∶1和9∶2的比分击退中央体院队和八一队，让中国的足球人领教了顶级足球强国的实力。

1955年，苏联列宁格勒泽尼特队（现在的圣彼得堡泽尼特队）访问上海，3∶0击败上海队，四天后，2∶0赢南京部队队。

1957年，阿尔巴尼亚地拉那队4∶0击败上海体育协会红旗队，5∶1击败南京部队队。阿尔巴尼亚足球，和数年后引进的阿尔巴尼亚电影一起，给上海人留下了深刻的印象。

同一年，上海队迎战柬埔寨国家队，10∶0取胜。

1958年，苏联国家队访华，在上海踢了四场比赛，12∶1赢体协红旗队，7∶0赢上海红队，11∶0赢沈阳部队队，5∶0赢一机队。正是中苏蜜月期的尾声，老大哥以另一种方式展示了肌肉。

同年来访的日本国家队，1∶1战平上海体院队，面对惨败于苏联队的体协红旗队，也仅以2∶1小胜。三国的足球实力可见一斑。

1959年，上海队0∶5败于罗马尼亚军队中央之家队。稍后，对阵再次来访的列宁格勒泽尼特，0∶1小负。

进入六十年代，来访的第三世界国家足球队明显增多。面对缅甸队、坦桑尼亚队、叙利亚队、马里队的挑战，上海队均轻松获胜。

当时的球票按计划分配到各基层单位。如何搞到一张票，成为球迷们绞尽脑汁的难题。标准行情，是二十块钱（工人月工资为三十六元），外加两只老母鸡。碰到热门赛事（如1974年上海队对越南人民军足球队，1977年中国队对贝利领衔的纽约宇宙队），球票更是炒到天价。赛前，体育场外到处是拎着母鸡、一脸焦灼的球迷。

足球传入上海，始于开埠后。

1895年，圣约翰书院成立上海第一支华人足球队。球员脑后留大辫子，比赛时满场辫子飞舞，人称"约翰辫子军"。

1902年，南洋公学成立足球队，并编写《足球歌》，"南洋，南洋，诸同学神采飞扬，把足球歌唱一曲，声音响。看！吾校的十个足球上将都学问好，道德高，身体强……"

彼时，南洋公学和圣约翰书院的足球对抗赛是沪上一大盛事，"观众动辄万千，学校邻近，倾巷以赴"，盛况"无逊于浴佛节之静安寺庙会"。

1910年，圣约翰与南洋两校的足球精英组成上海地区代表队，参加民国第一届全运会，获第二名。

1924年，中国足球联合会在上海成立。次年，"亚洲球王"李惠堂应邀来到上海，加盟上海乐华足球队。

在长期的磨炼和实战中，上海足球逐渐形成"小快灵、技术流"的风格，尤其注重两三人间的连续pass（传球）。有人说，这跟上海弄堂狭小、因地制宜有关。多少穷人家的孩子，从小在弄堂里踢球。拉开两条长凳当球门，二对二，三对三。球往墙上一踢，绕开防守队员，真正的"撞墙"式过人。暴雨天，水淹到膝盖，鞋子一脱，照踢不误。饿了，回家啃两口馒头；渴了，咕嘟咕嘟灌一肚皮自来水。冲撞，跌倒，头破血流，一骨碌爬起来，只要骨头没断，就接着拼，接着抢。前国家队队长、"飞将军"王后军讲过一句话，上海足球的辉煌，是在弄堂起步的。

1936年柏林奥运会，中国首次派出男子足球队。队员大多来自香港、新加坡的球队，如转投香港南华队的李惠堂，绰号"坦克车"的黄美顺，谭咏麟的父亲谭江柏。4名来自内地的球员中，有3人隶属上海东华体育会：24岁的中场梁树棠，26岁的前锋贾幼良，名气最响的莫过于前锋孙锦顺，绰号"孙铁腿"。在一场与英国陆军联队的比赛中，孙锦顺将对方球网射穿，港报头条赞誉："一脚破千钧，不愧铁腿郎"。据说孙锦顺从小用浸了油的球训练，腿部力量极大。在媒体不发达的年代，许多球场传奇都依靠口口相传。故事流传，足球便如火种般生生不息；当故事消失，足球也归于沉寂。

由于经费不足，这支奥运代表队五月份便启程，赴东南亚、南亚等地打表演赛。两个月内踢了27场比赛，23胜4平，进113球，失27球。筹得20万港元，其中的10万元用于资助国内其他奥运参赛队。

8月6日，舟车劳顿的中国男足迎战英格兰队。当时的奥运会足球赛采用单淘汰制。最后20分钟，中国队体力不支，连丢两球，0：2遗憾出局。

1948年，民国最后一届全运会在上海举行。不久辽沈战役爆发，来自沈阳、大连的一批足球运动员断了归路。其中多位球员加入中纺十七厂（后来的国棉十七厂）下属的"龙头"足球队，搬进杨浦区定海路449弄，人称"东北风"。其中最出名的，属"一狼一虎"。"狼"叫陈瑾，司职前锋，速度快，擅长反越位单刀，俗名"偷冷饭"；"虎"叫张金良，打中后卫，人高马大，每天早晨四点半，弄堂里跳双飞。东北球员强悍的体魄，硬朗的中长传，让看惯纤巧、短传配合的本地球迷开了眼界，也重塑了上海足球的风格。

每逢主场比赛，十七厂全厂调班，救护车、医生提前到场，表明死战的决心。"龙头"赴客场，球迷们包租祥生公司的大客车，随队出征，摇旗呐喊。在父兄们的影响下，十七厂的职工子弟自发组织"小龙头"队，称霸沪上七人制赛事。

1949年后，上海的工人足球蓬勃发展。首任市长陈毅，本身就是位铁杆球迷。稍具规模的工厂都拥有自己的球队和球场，厂际对抗赛、联赛，打得热火朝天。杨浦区工人众多，足球氛围尤其热烈。1955年的数据，全市有基层足球队3180支，其中工人队1930支，球员近两万名。

1957年6月2日，北京先农坛体育场，对阵印尼队的世界杯预选赛中，出自"小龙头"的张宏根攻入中国队在世界杯预选赛中的第一球，并助攻两球，帮助中国队以4∶3战胜印尼队。周恩来与陈毅、贺龙、聂荣臻三大元帅观战。1958年，张宏根获"全国十佳足球运动员"第一名，被誉为"中国的希代古提"（希代古提是匈牙利著名前锋）。在一次采访中，张宏根说，他最初的球技是"在上海的弄堂里练出来的"。449弄的父老则骄傲地宣称，上海是中国足球的摇篮，"我们这块，是摇篮的摇篮"。

至六十年代初，大小"龙头"共入选国家队7人、上海队9人。1962年，《体育报》评选"全国优秀足球队员"22人，其中11人来自上海，4人来自杨浦。《北京晚报》评选"全国最佳射手"10人，上海贡献4人，全部来自杨浦。

由于竞争激烈，不少年轻球员在上海打不上主力，无奈远走高飞。徐根宝在南京部队，朱广沪在广州军区，后来都踢出名堂。三名上海队的年轻前锋，袁道纶、张水浩、陈山虎，一同去了河北队，后相继入选国家队，号称"河北三剑客"。老一辈回忆，那段时期，几乎所有的甲级队里都有上海人的身影。

1963年，全国足球甲级联赛（南方赛区）在重庆举行。上海有四支队伍参加，分别是上海队、上海工人队、上海青年队和上海杨浦队。其中上海工人和上海杨浦是非专业队，球员和教练临时从各家工厂借调。

陈禾17岁，是国棉十九厂的一名学徒工，也是杨浦队中年龄最小的一个，"小赤佬一只"。他出生在449弄，打小看张宏根、袁道纶一辈人踢球，看完再模仿。许多技战术，都是靠自己琢磨、领悟出来的。

杨浦队提前半年集训，全脱产，厂里工资照发。每天早上八点半，杨浦体育场集合。先是政治学习（读报纸、积极分子发言），随后热身、战术训练。午餐两荤一素一汤，参照专业队标准。饭后午睡，提供专门的宿舍。下午练体能，绕复兴岛跑两圈。雨天就爬楼梯，来来回回几十趟。

9月，杨浦队抵达重庆，全队睡招待所。一个月时间，踢了8场比赛。陈禾替补上场5次，攻入2球。这支全部由一线工人组成的球队，最终名列全国第23位。

从重庆回上海，火车要开五十多个小时，轮船则是七天六夜。全队一致决定，坐船。大家心里清楚，早一天回去，早一天上班，急什么？

于是乘坐"东方红"号客轮，顺长江而下，饱览沿途风光。回到上海，球队就地解散，球员返回各自工厂，炼钢的炼钢，修机器的修机器。像一场梦。唯一真实发生的证据，是每人领到了两斤白糖。

1964年，全国甲级球队调整为十二支，杨浦队失去继续参赛的机会。随后运动兴起，联赛停摆，专业队解散，队员下放至各家工厂。范九林、戴顺福去了国棉十七厂，"小飞"、"橄榄"去了中国纺织机械厂，叶伯祥去"一钢"，张正友去"二钢"，赵光华去了羊毛三厂。在陈禾看来，这批队员实力与意识兼备，正是出成绩的年龄，"可惜了"。

"东北风"那批人遭了殃。他们大多出身小开，在伪满洲读过书。运动一来，全部被打倒。有个叫史达发的后卫，身材高大，一口络腮胡子，被打成"牛鬼蛇神"，连番批斗。一天，他走到梅林食品厂门口，突发脑溢血，抱牢一棵树，人瘫下去。

遭殃的何止足球。事实上，从1966年下半年到1969年，竞技体育在中国几乎绝迹。

运动高潮过去，厂际足球赛逐渐恢复，叫"大批判足球"。赛前列队，读语录，向宝像鞠躬，球员互相握手，老客气的。哨子一响，照样短兵相接，该放铲放铲，该拼抢拼抢。球员的血性还在，荣誉感还在。上海足球在蛰伏中等待时机。

1981年，上海市足球协会联合市总工会，创办第一届"陈毅杯"职工足球赛。共有886支基层球队参加比赛，分11人制和7人制两个组别。上海人的足球热情重新被点燃。到1983年第三届"陈毅杯"时，全市报名参赛球队达到2301支。球迷说，"陈毅杯"就是上海人的世界杯。

陈禾年纪大了，退出厂队。平日里依旧踢球，跟一帮老兄弟们。附近有所小学，邀请他兼职校队教练。早晨6点开练，踢到7点钟，放学后再练一个小时。

陈禾记得，有个姓申的学生，身体素质一般，真心喜欢踢球。放学回家路上，不忘对着波阳公园外墙练几脚任意球。他的父亲，一看就是那种老老实实的工人，每天一大早把儿子送到学校。儿子训练时，他就站在场边看。训练结束，给儿子换衣服，干毛巾擦身，递上保温杯里的水。等这一切做完，自己骑车去上班。没人想到，再过多少年，这个惯用左脚、爱琢磨事的小学生，成为国奥队队长、申花队的中场发动机。

彼时，杨浦的足球氛围如火如荼。据1985年《文汇报》报道，杨浦区总人口约一百万，拥有300多支工厂足球队，100多支中小学足球队。

说到底，工人足球的繁荣，本身是计划经济的产物。球员跟普通工人一样拿基本工资，顶多补贴一点伙食费、训练津贴，对工厂不构成负担。二十世纪九十年代中期，国有企业改制，多少呼风唤雨的大工厂，说关就关了。工人成为弱势群体，工人足球从此式微。再往后，房地产崛起，土地价格暴涨，足球场上盖起高楼。工人足球彻底成为过去式，取而代之，是高度依赖资本投入的职业足球模式。

1994年是中国足球职业化元年。由一家洗衣机厂冠名赞助的上海队，在主教练徐根宝的带领下，在甲A赛场掀起"抢逼围"的青春风暴。范志毅、成耀东、申思、祁宏、谢晖、吴承瑛……成了家喻户晓的名字。对上海球迷来说，那是最念念不忘的一支申花队。

范志毅到黄河路一家饭店吃饭。第二天饭店爆满，他坐过的台子从此属于"景观位"，老板只留给朋友。

很少有人注意到，申花队比赛时，坐在徐根宝旁边的一位中年人。他是申花队助理教练，当年的城市英雄，攻入对越南人民军足球队唯一进球的顾兆年。

职业化后，球员和教练的收入明显增多。甲A元年，范志毅月工资2500元，申思1800元，徐根宝3000元，此外还有赢球奖金。在当时，上海人的平均月工资是617元。

申花队右后卫，绰号"毛豆子"的毛毅军回忆，1995年一场关键战役中，申花战胜北京国安。赛后，他拿到4000多元的赢球奖金。第二天全部花掉，买了一部最新款的摩托罗拉大哥大，"港片里黑帮大佬用的那种"。

陈禾觉得，"抢逼围"的思路，可能受了越南人民军足球队的启发。苏联教练治下，人民军足球队的训练量惊人，比赛时全场飞奔，利用体能优势实现局部人数优势，令很多中国球队败下阵来。后来国家体委发条头，要求增加训练强度。训练前先跑一百米，比如十三秒，训练结束后再跑一次，还要求跑进十三秒。达不到，就惩罚性跑圈。运动量上去，营养跟不上，导致运动员大面积患肝炎。此举只能不了了之。陈禾认为，单纯的"抢逼围"其实是不够的。球场上，球员有各自的位置，讲究配合、换位、补位，不好统统冲上去，或者全部退回来。但在当时，甲A球队技战术水准普遍较低的情况下，"抢逼围"无疑是有优势的。

1995年11月5日，申花队主场3：1击败济南泰山，提前两轮夺得甲A联赛冠军。终场哨响，虹口足球场突然安静，随即爆发出巨大的声浪。范志毅热泪横流，谢晖跪倒在地，徐根宝被队员们高高抛起。那个夜晚，欢呼声传遍了上海的每一条大街小巷。

1997年那个酷热的夏天，申花队1：9兵败工体。多少上海人家砸了啤酒瓶。骂归骂，照样有球迷去接机。当灰头土脸的申花队员出现，有人喊了句，范志毅，别趴下！

许多申花球迷至今怀念九十年代的虹口体育场。"胜也爱你，败也爱你"，那种纯粹地为足球呐喊、为足球落泪的日子，一去不复返了。

2001年底，申花俱乐部重组，请回徐根宝重掌教鞭。次年，申思、祁宏双双加盟甲A新军上海国际队。上海足球进入德比时代。

2003年11月30日下午2时30分，甲A联赛最后一轮的七场比赛同时开球。上海申花客场1：4惨败深圳健力宝，上海国际则蹊跷地主场1：2输给天津泰达。申花以一分的优势压倒国际，成为末代甲A冠军。

终场哨响，申花队员套上金色的冠军服，一边庆祝，一边躲避看台上扔下的水瓶。几万名深圳球迷齐声高呼"水货冠军"。与此同时,上海八万人体育场,天津球员疯狂地庆祝保级。为国际队扳回一球的王云痛哭着奔回休息室,俱乐部老总王国林呆坐教练席,手里夹着老长一截万宝路。主教练成耀东低着头离开,走过一个看台时,有球迷喊,成耀东,英雄!再往前,十几个球迷迎上来,齐齐竖起中指。

当晚,上海滩迎来一场盛大的庆祝。几百名申花球迷高喊"申花是冠军",从虹口足球场走到外滩。一路上不断有球迷加入。到后来,警车主动为球迷开道,一些警察也跟着喊口号,场面十分感人。

数年后,足坛掀起打黑风暴。申思、祁宏连同江津、李明,这四位上海国际队的前国脚因受贿及踢假球被批捕。申花队的冠军被剥夺,并处以罚款罚分。案件牵涉到南勇、谢亚龙、杨一民等足协高层及"金哨"陆俊,一时轰动全国。对上海足球来说,这是耻辱的一幕。

相比指向足协的愤怒,上海人对申思和祁宏这对昔日子弟兵,表达了足够的宽容。谁都明白,在中国足球这盘大棋中,他俩不过是过河卒子。到底是自己家小囡,小囡走了歪路,有什么办法?小囡也没有办法。

王后军公开表示:"申思他们这些运动员都有说不出的苦……为什么把所有的责任都推给这批孩子?"

一位申花队队友,谈及"乖小囡"祁宏时唏嘘不已,"如果不是这个环境，打死我都不相信，他会做这些事情"。

一个细节淹没在铺天盖地的报道中。当法官对申思说，可以为自己辩护了，他并没有为自己说什么，只对旁听席上的父亲说了一段话："爸爸是个很正直的人，我成为球员，他付出了很多心血。我对不起爸爸，希望以后能尽孝心。"

这场迟到的审判对于当年的受害者——上海国际队来说，已经没有意义。球队在2006年迁至西安，更名为西安浐灞国际队。之后更是频繁改名，如流浪者般颠沛流离于多个城市。

上海滩足球德比空缺了几年后，随着东亚队（后来的上港队）升入中超而重燃战火。2015赛季，上港完成对申花的双杀。主力前锋、来自根宝足球基地的武磊接受采访时说，我们现在可以说是上海滩的老大了。

2018年11月7日，中超第29轮，上海上港队主场2：1击败北京人和队，提前一轮获得中超冠军。北京人和的前身，正是当年痛失冠军的上海国际队。

一年后，内外交困的北京人和以垫底战绩降入中甲。又过一个赛季，降入乙级联赛。作为中国足球职业化的一个缩影，这支再度更名为"北京橙丰"的球队最终宣告解散，为坎坷的征途画上了句号。

二十世纪末，定海路449弄成立足球俱乐部，张宏根、袁道纶等昔日国脚到场祝贺。作为中国第一家正式注册的弄堂足球俱乐部，成立之初吸引了不少媒体，着实热闹过一阵。俱乐部以老年足球队为主，实行会员制，每人每月交纳五元会费，即可参加相关活动。具体包括：每周两到三次的训练，与兄弟球队交流比赛，以及赛后吃老酒。

成立第二年，449俱乐部出征上海市"花园杯"老年足球赛，力克东华队、上海老年队等强敌，荣获冠军。赛后有位裁判问队长陈禾，你们这支队哪来的？从来没听说过。陈禾开玩笑，阿拉嘛，保密军工单位，代号449厂，平常不出来的。

尽管缺乏资金来源，这家民间足球俱乐部还是顽强地生存下来。那些踢球的老头子，逐渐变成更老的老头子。装支架的装支架，坐轮椅的坐轮椅，有的人好久不来了，再次看到名字是讣告。追悼会出来，彼此提醒，随身要带救心丸。

不知何时起，陈禾成了球场上年纪最大的一个。他踢中后卫，防守稳健，偶尔插上进攻。有一次，当他用漂亮的头球攻破对方大门，场边的年轻人起身鼓掌，喊，爷叔老卵！

"老卵"，是上海特色的粗话，意思接近"牛逼"，带一些理想主义的悲壮色彩。那些意气风发的成功者，大多只是牛逼，不属于老卵。老卵是不买账，不妥协，不驯服。老卵是屡败屡战，强硬到底。

陈禾说，活着要老卵，老了更加老卵，死掉变成一只死老卵。

俱乐部渐渐沉寂。疫情一来，活动全面取消。定海桥街区搬迁前夕，挂在居委会门口的"四四九弄足球俱乐部"铜牌被收废品的人撬走，像一个悲伤的隐喻。

2020年1月29日，范九林去世，享年73岁。由于疫情，追悼会取消，改为小型追思会。媒体报道中，范九林是优秀的足球教练，是球星范志毅的父亲。少有人想到，在那个并不遥远的年代，他也曾在绿茵场上摧城拔寨、纵横驰骋。

祁宏、申思相继出狱，这些年扎根足球青训，颇有成绩。范志毅再次进入大众视野，是在一档脱口秀节目中。许多年轻人不认得这个扛着肩膀、一口上海普通话的方脸爷叔。他们问，范志毅是谁？

2022年2月1日，农历正月初一，武磊领衔的中国国家男足1∶3败给越南男足，彻底断送打入世界杯的希望。范志毅预言成真，"脸都不要了"。中国男足沦为亚洲三流，已是不争的事实。用一位上海老先生的话，所谓万丈深渊，往下走，也是前程万里。

同年3月31日，中国金球奖颁奖典礼在北京举行，武磊捧得"金球"。中国足球依旧一地鸡毛，而评论区也一如既往地热闹。

撕裂一九九九

我至今记得，小时候坐40路电车去外婆家，车过武宁路桥，桥下横亘着巨大的厂房。白天，几百台织布机一起轰响，一片日光灯的海洋，"空气在颤抖，仿佛大地在燃烧"。算起来，应该是九十年代初的景象。后来我知道，那是一个时代的尾声。

很长一段时间，"上海制造"是优质时尚的代名词。蝴蝶牌缝纫机、永久自行车、上海牌手表、红灯牌收音机，并称"三转一响"，是结婚的硬指标。80后上海小囡，谁没有在母亲的缝纫机台面上写过作业。此外，还有海鸥牌照相机、华生牌电风扇、回力运动鞋、向阳牌保温瓶、扇牌洗衣皂、百乐牌手风琴、福牌麦乳精、梅林午餐肉、大白兔奶糖……加起来，约等于幸福本身。即使五十年代大量工厂内迁，改革开放前，上海工业总产值仍占到全国的三分之一。《笑侃上海三十年》里讲，上海人"87块钱上缴，13块留给自己"，并未言过其实。据《上海财政税务志》，1949年到1990年，上海地方财政收入3911.79亿元，其中上缴中央支出 3283.66 亿元，占 83.94%。

那一代工人阶级，生长在红旗下，自诩国家的主人翁，对体制充满感情。1976 年领袖陨落，人人戴孝，来自工厂车间的号哭和眼泪尤其真诚。舅妈当年 21 岁，顶替她姆妈，在上海申新纺织九厂的布机车间做挡车工。车间墙上挂着领袖 1956 年 1 月 20 日访问申新九厂的照片。领袖身着灰色中山装，手背在身后，站在一架织布机边，一旁是长身玉立的荣毅仁——申新九厂曾经的"少东家"。在领袖和蔼的目光下，舅妈哭得岔过气去。

上海人实际，谈婚论嫁前，先问声"侬啥单位"。一般情况下，全民找全民，集体找集体，街道工厂找街道工厂，里弄加工组找里弄加工组，是有时代特色的门当户对。《繁花》里有一段动人的对白。阿宝喜欢公交车售票员雪芝，再三犹豫。阿宝说，我单位是小集体，雪芝是全民，不可能的。雪芝说，可能的。

全民所有制，也就是国营厂的职工，是工人阶级的婆罗门。那时的苏州河、黄浦江两岸，星罗棋布着数百家纺织厂、机械厂、钢铁厂、食品厂。一到下班时间，几千辆自行车汹涌而出，泛滥到马路上。大家说说笑笑，脸上挂着满足的笑容。国营大厂有自己的邮局、理发店、医务站、图书馆、招待所，过节发糖，发带鱼，发搪瓷杯，发工业券，发冻鸡冻鸭。工人进厂就能分到宿舍；结婚送热水瓶、"囍"字痰盂和床上四件套；小囡生下来 45 天放进厂办托儿所，然后是幼儿园、子弟小学、附属中学、附属技校，将来可以顶替父辈进厂上班；退休工人去世，工会送花圈、挽联,工会主席致悼词。生老病死,工厂全包。他们是有依靠的。

计划经济下,实行"统销统购",产品多少销往北方,多少销往南方,多少装上远洋货轮,远销亚非拉兄弟国家,换得珍贵的外汇,全部按计划执行。身为上海人,并未占得多大的便宜。弄堂男青年,谁不为一只上海牌17钻长三针(手表)、一辆锰钢永久13型(自行车)、一台蝴蝶JA1-1型缝纫机发愁。他要托关系,找门路,费心费神,焦头烂额,才能搞到一张珍贵的工业券,换得未来的丈母娘点头。

二十世纪八十年代末,乡镇企业遍地开花。乡镇厂厂长来国营厂取经,刘姥姥进了大观园。无论身家多少,来自苏南或浙北,城镇还是农村户口,一律统称"乡下人"。乡下人客气地笑着,憨厚朴实的样子,进门就发香烟。吃过香烟,背后还要讲,"乡巴子、戆卵一只",嘿嘿笑着,觉得自己很精明很优越的样子。

渐渐有了传闻,厂里哪位老师傅、技术骨干,偷偷去乡镇企业调试设备。当年有个专门的称呼,叫"星期日工程师"。一到周末的傍晚,新客站、长途客运总站、十六铺码头,到处是这些身着蓝卡其工作服、拎人造革公文包的工程师。碰到了,互相点个头,心照不宣。

彼时,国营企业仍是巨无霸、大佬倌,沐浴在统销统购的春风下,无忧无虑,稳如泰山。直到有一天,他们被告知,批发站、百货站即将撤销，国家不再统一收购他们的产品。而那些他们过去看不上的乡镇企业，早已在摸爬滚打中熟悉了市场，布置了销售渠道。

苏州河南岸至今保留着几处厚重的老厂房，大多改造为前卫时尚的创意园区。年轻人不会想到，这些上海滩最古老的纺织厂，自二十世纪二十年代起便机器轰鸣。上海的纺织工业曾闻名遐迩，外地人来上海，少不得要去开开、华联、妇女用品、第一百货买上几件当季的衣裳。纺织业曾是上海的第一大支柱产业，号称"半壁江山"。别的不说，东方明珠的三只脚，有两只就站在曾经的纺织仓库上。

据《普陀区志》记载，申新九厂鼎盛的时候，有"纺锭125952 枚，气流纺 4800 头，织机 815 台"，每年上缴的利税可以再造一个申新九厂。进入九十年代，面对外资及乡镇企业的兴起，曾经先进的机器和技术已经落后，亏损——追加投资——再亏损，形成恶性循环。"投入一块钱，生产线里转一圈，只剩下八角。"当时社保制度尚未健全，退休工人的工资及福利全部由厂里承担，工厂早已不堪重负。申新九厂在岗职工七千五，退休工人超过八千。一到厂里发退休金的日子，财务科人山人海，两三天才能发完。

领导班子日夜开会，分析利弊，哪些产品铁定亏本，哪些还有盈利的可能。日算夜算，算来算去，所有的产品都要亏。"不改造是等死，改造是找死"，除了关门，没有别的选择。

女工们上完夜班，值班长通知开会。开好会，去更衣室收拾东西，下岗。值班长自己也下岗，还要尽量去抚慰工人。她们大多人到中年，没什么学历，最好的年华都在厂里度过，如今一把年纪，要去社会闯荡了。

有个女工，下岗了，每天还是准时去厂里报到。别人劝她，她说，我生是申九的人，死也是申九的鬼。等到工厂彻底关停，她就搬个小凳子坐在厂门口。最后机器拆掉，厂房也拆掉。

1991年，上海有53.53万纺织工人，未来十年中，他们中的绝大多数先后下岗。1998年1月23日，申新九厂的留厂工人，亲手将136台细纱机、5.5万锭纱锭拆除、砸毁。那一天，市里的领导，电视台、报社记者都来了，车间外拉起横幅"全国压锭一千万，上海敲响第一锤"。有照片记录了这一瞬间，照片上抡锤的中年男子，是彼时申新九厂的厂长，他被要求第一个砸。舅妈说，"照片上看不出来，这个男人是流着泪的"。这个流泪砸锭的背影，是属于上海工业的记忆。

压锭是一次彻底的否定。当着你的面，把你吃饭的家伙一锤一锤地砸碎，用卡车拉走，送进熔炉，等于告诉你，结束了，你赖以生存的那一套，是落后的，低效的，必须淘汰的。你也是。

有人瘫坐在地，有人无声恸哭。"老纺织"始终无法理解"市场经济""优胜劣汰"这些新词，他们愤怒地质问每一个前来采访的记者，"申九是国企，我们就是国家的人。申九要破产倒闭了，国家难道见死不救吗？"

撕裂一九九九　　　　　　　　　　　　　　　　　　207

纺织业是上海工业衰落的一个缩影。计划经济时期，上海有156个工业名牌。如今，它们中的三分之一已经消失；另外三分之二也大多风光不再，苦苦求生存。

当时，从长寿路的上棉一厂到崇明工农路的上棉三十五厂，从上海无线电一厂到三十六厂，从上钢一厂到十厂，从上塑一厂到二十一厂，从上海手表一厂到七厂，从益民食品一厂到七厂，还有数不清的机械厂、锅炉厂、零配件厂……到处都在轰轰烈烈地下岗。街头，菜场，公交车上，弄堂深处，讨论的都是"买断""内退""再就业"。

有的男人，瞒着老婆孩子老娘，每天照常六点半起床，洗漱完毕，吃完早饭，推自行车假装去上班。找个街心公园，发呆，坐一天，下班时候再回家。

工厂没有了，同时意味着食堂没有了，医务室没有了，厂办幼儿园没有了，附属小学没有了，舞厅没有了。吃饭，看病，小孩上学、上辅导班，包括理个发，跳个舞，样样要花钱。上有老下有小，一根蜡烛两头烧。早上一睁眼，这一天怎么过，小菜铜钿哪里来，是很现实的问题。

那时市区刚有空调公交车，空调车投币 2 元，普通车 1 元。大热天，接连来了几部空调车，一群中年爷叔、阿姨挥汗如雨，就是不上车。反正不上班，有的是时间。

西康路桥，长寿路桥，江宁路桥……苏州河许多桥墩下，聚集了不少下岗男工。过来一辆三轮车（上海人叫黄鱼车），一个人上去默默地推车，一路推上桥。给我两块三块都行，不要给我香烟，谢谢。靠这零零碎碎的两块三块，买米买菜，买油盐酱醋，买牙膏买草纸，给小囡交学杂费，交英语辅导班的钱。秩序井然，是工厂留下的习惯。这次你推，下次我来，不会一哄而上，让每个人都有口饭吃。

到后来，这门生意难做了，不少外地农民工加入了推车大军。你四十多岁腰肌劳损老寒腿，我二三十岁火力精壮身体棒；你有家要养，我一人吃饱，全家不愁；你推一次车起步价两元，我只要一块；你排队做生意，我信仰丛林法则；你组织松散，我有乡党、帮会。

工人大规模下岗之际，正是农民工大量涌入城市之时，当时有一句话，叫"工人下岗，农民上岗，领导瞎讲"。平心而论，农民工干了许多上海人不能干也不愿干的活，比如卖菜、开早点铺、打扫厕所、通下水道、工地上搬砖。他们的存在，使得城市的生活成本维持在一个可以接受的水平。那些幸存的工厂，一边遣散工人，一边雇用农民合同工，因为价格低廉。不少上海工人因此仇视农民工，认为是这些乡下人抢了自己的饭碗。他们痛心疾首：好端端的上海，全让"巴子"糟蹋了。农民工同样瞧不起这些下岗工人，觉得上海人太娇气，死要面子，干个活还挑三拣四，是没吃过真正的苦。

不少下岗男人去做保安，这是为数不多的体面工作，有制服。这也从侧面说明，城市仍在建设，在加速前进。老厂拆迁，给商业中心、写字楼和高档住宅腾了地方。遍地穷人，遍地黄金。从前俾睨众生的"全民"职工，如今不得不低下高贵的头颅。他们曾是这个城市的助推器，如今燃料尚未用尽，城市已不再需要他们。像火箭的分离过程，他们注定被远远地抛下。

上海男人不太喝烈酒，常喝的是啤酒或者黄酒。从前，这是一座清醒的城市，街上很少有酒鬼。我见过一个人，下岗后，每天买两袋炒菜用的料酒来喝，很便宜，当时是一块几角。时间长了，研究出门道，什么酒正宗，什么酒上头，什么酒吃口太甜，什么酒掺水过多。料酒是喝不醉的，除非是喝闷酒，一心用最便宜的成本灌醉自己。和北方有些地方不同，上海的下岗男人不怎么打老婆孩子，哪怕是酒后。他们不擅长这个。他们满腔的愤懑只针对自己。一个人要么是窝囊的，要么是蛮横的，他不能是既窝囊又蛮横的。低到尘埃里的男人，有什么资格动粗。

工人新村里，几乎家家吵相骂，夫妻争相用最刻薄的语言攻击对方。每栋楼都有几户在闹离婚。离异的下岗女工，没有办法了，跟小囡说，做好作业自己困觉，妈妈夜里出去一趟。30块、40块一次，贴补家用。昏暗小舞厅里，搂着陌生男人跳舞。男人问，下一支，赏光吗？下一支是黑灯舞。慢四步音乐响起，灯光灭掉，舞池深处，一双手摸上摸下。10块钱。

城市像一把巨大的筛子，人在剧烈震荡中不断地跌落，碰撞，失去重心，迷失方向。挣扎下来的人，过个几年，大多能找到适合自己的网眼，漏下去，各安其位。做保安，私人老板处打工，开小饮食店，看书报亭，跑单帮，炒股票，卖保险，卖真真假假的保健品，开出租车，或者，什么都不做，低保吃吃，舞跳跳，小麻将搓搓，企图从麻将桌上赚回一天的小菜铜钿。人的适应性是很强的，怎么过不是过呢。

这一代上海工人阶级，吃够了没文化的苦，他们把满腔的热情投入子女的教育上。再节衣缩食，小囡的英语辅导班要上的；考试没考好，辣霍霍一顿"生活"。当然，下岗工人家庭中，懂事的孩子也多。等到子女毕业参加工作，基本算熬出头了。虽说前程仍有风雨，但毕竟，可以喘口气了。很多人没想到的一层是，自己的离开，等于给子女这一代腾出了位置。上海从一个工业城市转型为商业、金融城市，需要卸下一些包袱，付出一些代价。他们就是包袱，他们就是代价。

2008年后，上海的房价起来了。"穷人翻身靠拆迁"，或者，拿市区的老工房置换一套郊区住宅，差价够吃喝十年。熬到六十或者五十五岁，补交了养老保险，拿到退休金，从下岗工人变成正式退休工人，吵相骂的时候，喉咙可以相对响一点。有一段时间大盘也好，头脑活络的，用"买断"的钱炒炒股，多少能挣些。

这一页算翻过去了。

现在可以说说了，那几年真是苦啊。当初负重上坡的时候，咬着牙，一声不吭。

如今他们说，生活还过得去，要是没病没灾也不买房子，一切也还好说。小老百姓,本来就是这么过的。只是我注意到,有些六七十岁的男人,睡着了或者不说话的时候,会不自觉地露出平静中凄楚的表情,像习惯了在风雨交加中前行。

后记

周二下午，虹桥路上的一家餐厅正在准备舞会。桌椅搬到一边，空出中间一块场地。两点刚过，来宾陆陆续续到了，大多有些年纪。老先生西装笔挺，头势清爽；老太太舞裙蹁跹，鞋跟踩在旧地板上，咯吱作响。周鸣在试音，远远看见我，挥一挥手。他正式退休，每周过来演奏一次，就当"白相相"。一曲萨克斯风，还是那么动人。

爷叔成了大忙人。他在小店门前演奏夏威夷吉他的视频广为传播，爷叔也因此尝到当"网红"的滋味。记者、自媒体、导演纷至沓来，高峰时一天好几拨。爷叔配合出镜，介绍心路历程，一遍遍甩出金句。有时乐器来不及修，带回家加班到半夜。后来他笑称，要"摇号采访"。前一阵，以他为主角的纪录片上线，又是一轮新的"热度"。爷叔忙且享受着。

沈次农从报社退休多年，平时做一些音乐方面的工作。他打算夏天去趟意大利，赶上歌剧季，最近忙着订票、做攻略。李殊继续做科研，研究她钟爱的"大问题"。老赵去世了，享年99岁。据说走得安详，是福报。黄埔老兵，风吹雨打，日渐凋零。

我依旧生活在这座城市，停停走走。写非虚构这些年，我置身一个接一个故事中。据说好的非虚构写作者，会与采访对象保持适当的距离，冷静客观，也冷眼旁观。我知道这是对的，只是做不到。我总会不自觉地靠近，倾听他们，理解他们，成为朋友，分享喜悦与悲伤。我贪心且笨拙，渴望刨开事件的表面，挖深一点，再深一点。我愿意听那些絮叨和家长里短，而非预设的问答。运气好的时候，你的真诚，能换回一句掏心窝子的话。代价是，不止一次地，我无法落笔。我目睹过病痛与绝望，人的痛苦与忍耐一样深不见底。好几次，因为太难过引起胃痉挛，我在乐盐家楼下剧烈地干呕。第一次听沈厂长说起他妻子，我彻夜难眠。走坏了几双鞋，淋过雨，跌过跤，这些都不算什么。我感恩遇见，感谢那些袒露心扉的时刻，相视而笑的时刻，默默流泪的时刻。是他们，我的朋友们，让旷日连绵的写作不再孤独。

那天我去看沈厂长。手风琴厂这一年效益不错，还掉一部分债，年底或有结余。新的订单不断发来，他打算再招几个工人，扩大下生产。临别时，沈厂长执意要开车送我。深夜，高架空旷，路灯滑过眼底，火柴一样的暖色。沈厂长沉默了很久，突然说，我想去寻阿拉女人了。